U0079494

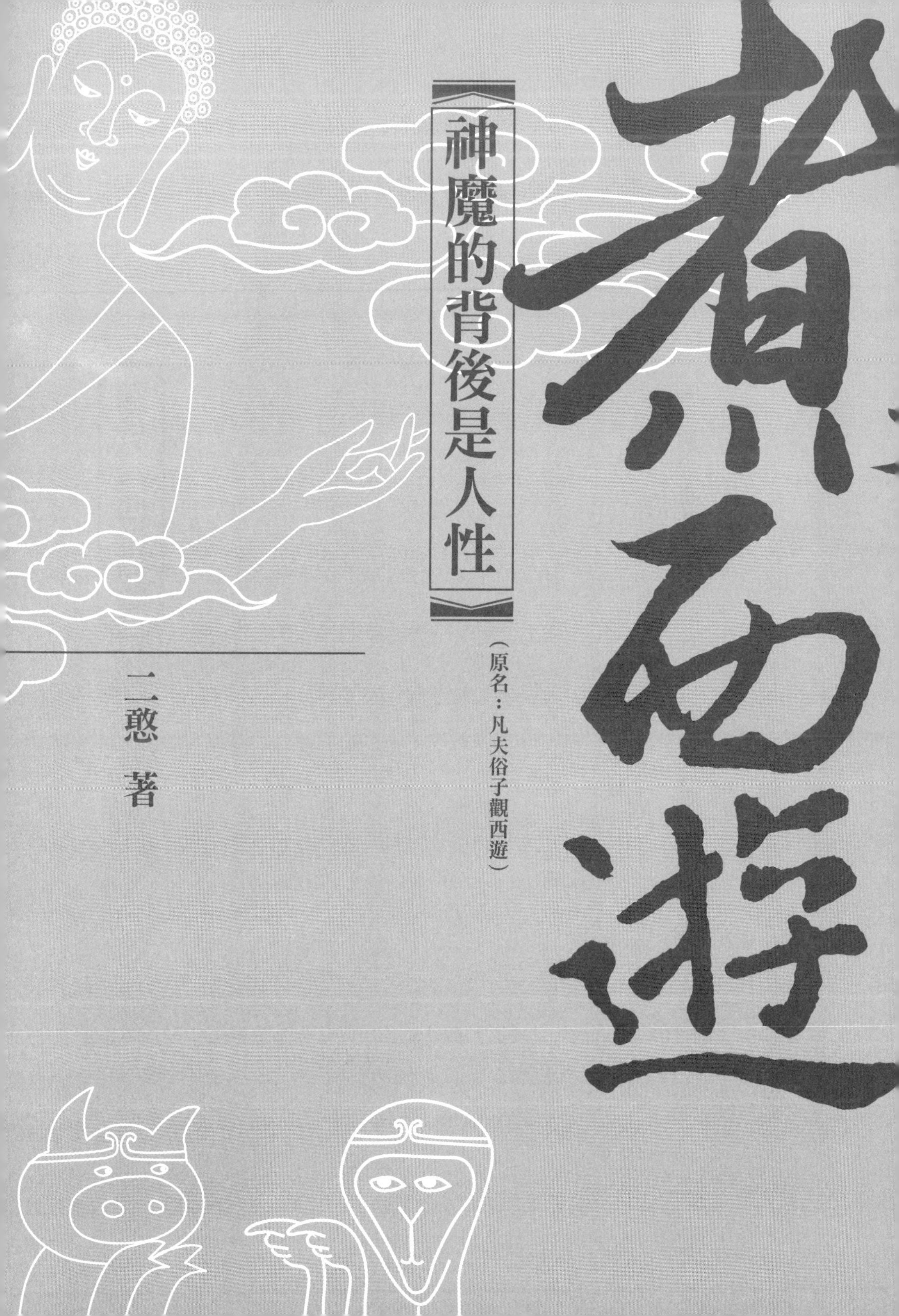

煮西遊

神魔的背後是人性

（原名：凡夫俗子觀西遊）

二憨 著

關於《西遊記》

《西遊記》是中國古典四大名著之一，成書於西元十六世紀。作者吳承恩，字汝忠，號射陽居士，明代傑出的小說家。《西遊記》是他中年時期寫成初稿，後來經過潤飾而成的。全書共分為三大部分：前7回是引子，安排孫悟空出場，交代清楚其出身、師承、本領、性情，並且通過他在天、地、冥、水四界穿越，刻畫了一個無所不能的齊天大聖形象；8至12回寫如來說法、觀音訪僧、魏徵斬龍、唐僧出世等故事，交待去西天取經緣由；十三至一百回寫孫悟空、白龍馬、豬八戒、沙和尚保護唐僧西天取經，沿途降妖伏魔，歷經九九八十一難，到達西天，取得真經，修成正果的故事。這部中國最優秀的神話小說，以唐代貞觀年間玄奘赴西天取經的事件為原型進行創作。大約距今一千三百多年前，年僅二十五歲的青年和尚玄奘離開京城長安，隻身到天竺（印度）遊學。他西行十七年，遊歷西域五十多個國家，返回長安時，帶回佛經六百五十七部。這是一次傳奇式的萬里長征，轟動一時。玄奘所經歷的種種艱難困苦和奇幻遭遇，也成為了民間文學創作的源泉。自從玄奘的弟子慧立、彥琮在撰寫《大唐大慈恩寺三藏法師傳》，為他的經歷增添了許多神話色彩後，唐僧取經的故事便開始在民間廣為流傳。宋元兩代，取經故事在戲曲舞臺上大量演出，在說書場上被反覆傳頌。南宋有《大唐三藏取經詩話》，金代院本有《唐三藏》、《蟠桃會》等，元雜劇有吳昌齡的《唐三藏西天取經》、無名氏的《二郎神鎖齊天大聖》等，這些都為《西遊記》的創作奠定了基礎。明代小說家吳承恩正是在民間傳說、話本和戲曲的基礎上，經過藝術加工和再創造，完成了這一鴻篇巨著。

《西遊記》是中華民族為之驕傲的精神財富，《美國大百科全書》認為它是「一部具有豐富內容和光輝思想的神話小說」。法國當代比較文學家艾登堡評價說：「沒讀過《西遊記》，就像沒讀過托爾斯泰或杜斯妥也夫斯基的小說一樣，這種人侈談小說理論，可謂大膽。」從十九世紀開始，它被翻譯成日、英、德、法、俄等十幾種文字流行於世。今天，《西遊記》已經為世界上許多國家的讀者朋友所熟悉。

我來煮一煮《西遊記》

《西遊記》家喻戶曉，從字面上看，它講的是唐僧師徒四人不畏艱險，戰勝種種困難，終成正果的故事。但細讀此書，就會發現文中前後矛盾、有違邏輯的地方實在是太多了，根本無法用常理來解釋。比如，孫悟空大鬧天宮時，十萬天兵和滿天的神仙都奈何不了他，為何在西天取經的路上，妖怪們動不動就把這個「齊天大聖」打得屁滾尿流，不停地到天庭搬兵，去地府求救呢？那些自然生成的妖怪，多半被孫悟空降伏，但是那些有來頭和背景的妖怪，孫悟空為什麼難以戰勝？明明知道吃了唐僧肉就可以長命百歲，妖怪們捉了唐僧為什麼不在第一時間吃掉？取經其實就是佛祖和觀音聯手演的一場戲，根本就是脫褲子放屁，多此一舉……

難道，吳承恩真有這麼弱智嗎？

並非如此！

吳承恩可是名副其實的大才子，《天啟淮安府志》評價他「性敏而多慧博極群書，為詩文下筆立成，清雅流麗，有秦少遊之風，複善諧謔，所著雜記幾種，名震一時」。由此可知，《西遊記》中有違邏輯的地方一定是吳老先生刻意留下的「玄機」。

破解這一玄機，往往有兩種方法。

第一種方法是站在作者的角度，對《西遊記》進行嚴謹地科學解讀，剖析其思想內涵和社會意義。我們將其稱為「專家視角」或是「學術視角」。而第二種方法，就是自圓其說地進行解讀，只需合情合理、充滿趣味即可，但有可能背離作者的原意。我們將這種解讀方法稱為「平民視角」或是「草根視角」。

「專家視角」很深奧，也略微枯燥，對於我們普通讀者來說，如此研究《西遊記》，恐怕會失去許多樂趣。

當前，草根「烹調」名著的風氣很盛，為了跟上這股新潮流，我也冒昧「煮」一下西遊。這種煮法是快樂的、新穎的，希望專家們讓我保留這份自由發聲的權利，不要用「誤讀」加以斥責。

人的一生，原來就是一本《西遊記》

江東流

但凡看過《西遊記》的讀者朋友都喜歡「亂蟠桃大聖偷丹 反天宮諸神捉怪」這一回。此時的孫悟空大展雄威，十萬天兵和滿天的神仙都奈何不了這個「妖猴」，本領何其高強，手段何其厲害。可是我們繼續往下讀的時候，卻覺得越來越不對勁，這個無所不能的「齊天大聖」不知為何竟褪去了原有的英雄本色。往日的他無所不能，為何在西天取經的路上，妖怪們動不動就把這個「美猴王」打得屁滾尿流，不停地到天庭搬兵，去地府求救，還要忍受觀音菩薩各種要求呢？更讓人洩氣的是，這些想吃唐僧肉的妖怪不過是天庭或佛身邊的無名小卒，不是太上老君的童子，就是觀音菩薩的坐騎，就連偷喝佛祖寶座前燈油的老鼠精都讓孫悟空無可奈何。

經此前後對比，我們發現以「大鬧天宮」事件為分水嶺，孫悟空由一個敢和玉皇大帝嗆聲的齊天大聖，變成一個連曾經是其手下敗將的各路神仙的坐騎或者僕從都打不過，總是四處求援的落魄猴子。

直到長大後，我才真正破解了這個貫穿我整個青少年時代的疑問。原來，孫悟空的這種變化，人類管它叫做「長大」，正常的人都是要「長大」的，不長大的不是畸形就是瘋子要不就是天才。所以，「長大」在我眼中，和孫悟空被招安是一個意思。他在五行山下被壓了五百年，蹉跎了大好的時光不說，還要鞍前馬後陪著一個和尚去取經。

由此可見，《西遊記》雖然是神話小說，但影射的終歸是成人的世界，爾虞我詐，道貌岸然，排斥異己，充滿各種潛規則。你反抗得再激烈，姿態再決絕，最終都會慘澹收場，即使你是所向披靡的齊天大聖，也翻不出如來佛祖的手掌心。

這一刻，我覺得自己讀懂了《西遊記》。可是，當我翻開二憨寫的《煮西遊》的時候，我才發現自己的自以為是，正像切蘋果一樣，橫向切和縱向切所看到的果核是不同的。我和大多數人一樣，是縱向來切蘋果的，看到的是一個支離破碎的果核，進而想到了人類社會和個人在社會中的境遇。而二憨是橫向來切蘋果的，你可以驚奇地發現，果核呈現的是五角星的形狀，這是多麼的好玩和與眾不同啊！

在這本書中，二憨將整個西遊取經的故事，解讀為一個人從小遁入空門，經過長達一生的修行，最後成為得道高僧的過程。這個人在少年時代如悟空，爭強好勝，對人生充滿無限希望和不切實際的幻想；在青年時代如八戒，渴望愛情，貪圖聲色犬馬的享樂；在中年時代如沙僧，任勞任怨，磨平了鋒芒和棱角；在老年時代如唐僧，知天命，安於現狀，注重積德行善，害怕遭到報應。

如果讀者朋友們有興趣追尋這位高僧大德的生命之旅，不妨翻開二憨的《煮西遊》。相信你看完之後，也會對作者的解讀深表信服：人的一生，原來就是一本《西遊記》！

悟出心靈的實踐

惠謙法師

讀《西遊記》要從悟空、悟能、悟淨的「悟」字講起。所謂悟，就是領悟和覺悟，佛家稱之為「修證」、「體證」等，是一種心靈的實踐。

唐僧的三個徒弟，法名都有一個「悟」字，無法無天的潑猴要悟我之空明；醉迷聲色的豬妖要悟我之大能；殺人如麻的羅剎要悟我之澄淨。其中，「悟空」是對皈依佛的暗示；「悟能」是對皈依法的暗示；「悟淨」是對皈依僧的暗示。

常言說，三歲看小，七歲看老。一個人能否修成正果，主要看他是否具有慧根，能不能除去心中的各種欲念。二憨寫的《煮西遊》將孫悟空看作是一個人少年時代的化身，對於一個修行的人來說，他的主要任務就是與自己的私心雜念作鬥爭，而小孩子卻很難抵擋住各種欲望的誘惑，頭腦中總被各種無名的煩惱所佔據，像猴子一樣一刻也不能安靜。只有在其頭上加一個「緊箍咒」，才能清除自己的私欲，保持澄明的心境，不再有一念之差，非分之想。而孫悟空的「大聖」本領，則是人的智慧本心的象徵。

皈依法就要持戒。「悟能」的另外一個名字叫「八戒」，守戒即是悟能。吳承恩老先生把「悟能」寫成豬，代表了人的愚味無知和貪欲，同時也曲折地表達了常人對世俗生活的嚮往。但是作為出家人，如果想求得正果，就必須看破紅塵。悟能就是因悟而能，也可以直接

解釋為「能悟」。也就是說凡人雖然天生愚頓，但非全然不可開化，只要我們不斷修持，積德行善，終有一天會達到佛家的境界。

淨是悟空、悟能的結果。佛說：「隨其心淨，即佛土淨。」所以，「悟淨」最符合佛門弟子的形象，不惱不怒，不急不躁，默默無聞，任勞任怨。在二憨的筆下，沙僧代表著一個人的中年時代。從一個人的成長過程來說，人到中年是非常重要的階段，尤其是對於一個出家人來說，腳踏實地，克制住各種表現的欲望，埋頭修煉，才能為老來修成正果，打下最牢固的基礎。

而作為師父的三藏法師，則是本具佛性的眾生代表。他雖然有慈悲心，但是在通往西天的遙遠路程上，必須經歷九九八十一難的洗禮，並且在和魔障的生死博鬥中悟空、悟能、悟淨，最後修成正果。而那些取經路上的妖魔鬼怪正是他自己的私心雜念。心生，種種魔生，心滅，種種魔滅。如果沒有西行的三藏法師，悟空、悟能、悟淨或是被囚盡在自我鑄就的虛妄山石之下不得解脫、或是纏繞在酒色欲念裏無法自拔、或是浸泡在汙濁泥沼中為非作惡。所以，與其說他們在西行路上護送師父，不如說他們是在玄奘的點化下對靈魂進行自我救贖。

「唐僧師徒表演了一台戲，但是《西遊記》的故事其實說的是一個人。」這是二憨先生解讀《西遊記》的主旨。作為佛門中人，我也深表贊同，不知各位施主看後會作何感想。如果看後能夠積善緣，修善果，也算是功德無量了。

序言

地球人都知道，《西遊記》寫的是唐僧師徒西天取經的故事。他們一行人經過十幾年的努力，跋涉十幾萬里，終於到達西天，求得真經。如來佛祖論功行賞，唐僧、悟空的功勞最大，被封為旃檀功德佛和鬥戰勝佛，享受佛級待遇；八戒次之，被封為淨壇使者，享受使者級待遇，雖然級別低些，但是個比較實惠的工作；沙僧的級別又低一級，被封為金身羅漢，享受羅漢級待遇；小白龍的級別最低，被封為八部天龍。至此，師徒五人的業績都得到了表揚，有點蓋棺論定的味道，也有為他們樹碑立傳的意思。從此以後，西遊取經團隊便青史留名，流芳千古了。

可是，你知道吳承恩為什麼要寫《西遊記》嗎？《西遊記》的真實涵義是什麼？裡面到底隱藏了怎樣的祕密？世上真的有妖怪嗎？那些妖怪又代表了什麼？……本書就是從這些問題入手，以輕鬆幽默的另類筆法，或揭祕《西遊記》四百年以來的謎題，或以一家之言而發表對《西遊記》的看法。

其實，整個西遊取經的故事，寫的就是一個人從小遁入空門，經過長達一生的修行，最後成為得道高僧的過程。按照正常的生命軌跡，人的成長必然經歷少年、青年、中年、老年這四個階段。少年如悟空，活潑好動，爭強好勝，對人生充滿無限希望和不切實際的幻想；青年如八戒，生命力旺盛，渴望愛情，喜歡追逐女性，但又好吃懶做，貪圖聲色犬馬的享樂；中年如沙僧，很少有不切實際的幻想，沉默寡言，任勞任怨，已經失去了年輕人的鋒芒和稜角；老年如唐僧，知天命，安於

現狀，為求有一個好的來生，而注重積德行善，害怕遭到報應。

人的一生，就是一本《西遊記》。少年時不知天高地厚，青年時揮霍大把的青春和激情，中年時只求平安無事，到了老年時開始嘆息人生的短暫，留戀生命的美好。這是每個人都會經歷的過程，無論是你、是我，

還是他，都逃不脫這宿命的安排。

人生在世，不如意事常八九。每個人都是神，也都是鬼。這就需要你敬好自己的神，做好自己的人，看好自己的鬼。不生非分之想，不求非分之財，不貪非分之功，不做非分之事。守住自己的「心猿」和「意馬」，克制自己的慾望，保持身體的健康和心靈的寧靜。只有如此，人生才會幸福，生活才會安寧。

佛是什麼？這世上到底有沒有佛？《西遊記》無法回答你，也沒有任何人能回答你。佛在人的心中，心中有佛，一切便都成了佛。可是佛不會給你帶來金錢、權力和地位，只能帶給你安寧。

心安寧，世界自然安寧。

人生就是西遊，生活就是參禪。只有愛惜生命，尊重生命，認真對待生活，才會品透人生三昧，達到五聖成真的美好境界。

目錄

目錄

小孩都是從石頭縫裡蹦出來的

第一章

兩界山蹦出孫悟空

——我是大聖我怕誰

悟空出世：小孩都是從石頭縫裡蹦出來的

讀了《西遊記》，大家都知道悟空是從石頭縫裡蹦出來的。當然，這說法是禁不住科學的推論和驗證的，明顯就是一個傳說。但不管怎麼講，我們還是應該允許吳承恩這樣說，起碼，他也是在做人類起源的猜想，這種精神值得鼓勵。

小孩子一般都會認為自己是從石頭縫裡蹦出來的，因為古代人在回答孩子提出的「我從哪裡來」的問題時，常常羞於說出事實的真相，一般都會用「撿來的」、「大風刮來的」、「送子娘娘送來的」、「石頭縫裡蹦出來的」等等之類的話，來搪塞小孩子。如今，一些老年人還會這樣回答小孩子的提問。吳承恩出於淨化兒童心靈的考慮，也不能說破，所以只好讓悟空從石頭縫裡誕生了。

從人類的進化史來看，讓悟空從石頭縫裡蹦出來，吳承恩顯然還有另一種想法，那就是暗示了幼兒的孕育過程。從悟空橫空出世，到兩界山唐僧救他出來，這一段明顯是描述一個胎兒在媽咪的肚子裡成形的發育過程。石頭得天地精華，逐漸有了靈氣，之後從石頭裡蹦出來一個猴子，演示的就是一個精子從父體裡射出，進入母體的瞬間過程。當然，我們無法判斷吳承恩是否對生物學上的胚

胎發育知識瞭若指掌，但有一點可以肯定的，那就是從中醫學的角度，他很清楚生命產生的過程，知道男人的精氣和女人的血氣結合，形成胎兒。男人都是石頭，女人都是水，悟空從石頭縫裡蹦出，還有什麼奇怪的呢？

悟空剛一出世就鑽進了花果山水簾洞，也就是說受精卵進入了女人的子宮，開始新的生長發育。如此貼切的比喻，也只有吳承恩這樣的大才子能想得出來。關於這一問題，他描寫的非常生動有趣，也說得非常明白，第一回的標題就是「靈根孕育源流出」。悟空孕育自東勝神州傲來國海中的一座仙山，名叫花果山，這座花果山可不是一般的山，它是十洲的主脈。「百川會處擎天柱，萬劫無移大地根」，什麼意思呢？這明擺著是說，花果山就是生機勃勃的男根，悟空就是在這裡吸收了天地之精華，日月之靈氣，進而一蹦而出的。蹦出來之後，他第一個進入了水簾洞，這也暗示了他進入了母體的子宮。鑽入水簾洞，悟空就開始人生旅程的漫長發育了。

吳承恩可能認為，胚胎發育之初是無性的，所以悟空在回答祖師自己姓什麼時說：「我無性。人若罵我我也不惱，若打我我也不嗔，只是陪個禮兒就罷了，一生無性。」這也難怪，胎兒是不分男女的，人的性格和性情也是後天逐漸形成的。當然，祖師問悟空不是「性」，而是「姓」，這是在確認悟空的宗族家譜。師徒兩人用一問一答的形式，告訴我們，悟空姓孫，兒孫的孫。古時候，嬰兒還沒出生，家長就早早地為孩子取好了名字，悟空也不例外，祖師給他取個名字叫悟空。那麼，孫悟空這個名字，是什麼意思呢？其實很簡單，孫悟空就是孫無空，孫子不落空，告訴大家，人類有後了。子孫不落空，表示綿延不絕，繁衍生息的意思。

大家都知道，胎兒的發育成長，是一個變化的過程，從一個外觀模糊不清的受精卵，發育成五官清晰、四肢分明的胎兒，正應了七十二變的說法，這就是悟空拜師學藝的經歷。悟空開始就說，自己不學「術、流、靜、動」，後來他的祖師便傳授給他筋斗雲和七十二變。之所以會如此，是因為胎兒初成，才不管什麼儒釋道，也就是在娘胎裡翻翻跟頭，發育出四肢五官，五臟六腑，逐漸具備人的特徵。

那麼，吳承恩為什麼要讓悟空當一隻猴子呢？因為人類的祖先是猿猴，人是由猴子變成的。由猴到人，揭示了人類的來歷。

透過悟空出世這一簡單的章節，就把人類的來龍去脈、人的生育繁衍、人的天性、人的家族社會屬性，交待得清清楚楚。我們不能簡單地把吳承恩的《西遊記》當成小說來讀，要把它當成人類進化史和成長史來讀，那就會有趣得多，也會讀出一些令人意想不到的妙處來。

官封弼馬溫：官癮都是天生的

悟空學藝歸來，重新回到水簾洞，由於水準提高了，他的地位和權力自然非往日可比。這時的悟空，可謂牛氣沖天，很快就蕩平了花果山潛伏的眾魔頭，使其一致拜倒在他的腳下，尊他為老大，並且進貢納財。悟空征服了百獸，也就象徵人類脫穎而出，成為萬物之靈長。

雖然成了老大，但悟空總感覺自己缺少了一樣東西，那就是武器。於是，他來到龍宮，把東海龍王的定海神針騙到了手，變成了自己的如意金箍棒。接著，他又闖進地府，找到閻王爺，一筆勾銷了所有猴子的生死簿，也就是說，取消了所有猴子的戶籍檔案，以後猴子的生死，閻王也管不著了。

這下惹惱了東海龍王和閻王爺，兩人一紙訴狀，就把悟空告到玉帝那裡。玉帝也不知道怎麼辦才好，於是詢問手下。這時候，負責天庭外交事務的太白金星主動請纓，說自己願意去說服悟空，讓他來天上當個小官，這樣就可以用官場紀律約束他。玉帝一聽，覺得這是一個不錯的主意，便採納了太白金星的建議。

太白金星能說會道，一通馬屁就把悟空拍迷糊了，糊里糊塗地跟著他跑到天上來做官。人人都喜歡做官，這幾乎是人的天性。因為人是群體動物，在群體中的地位，往往決定著自己的前程和命運，所以當官是確立自己在群體中地位的一種最好方式。悟空來到天上，玉帝安排給他一個官職，叫弼馬溫，說白了就是一個馬倌。他第一次出來混，也不知道官的大小，高興地走馬上任了。

這個馬倌，為什麼叫弼馬溫呢？原來古代人養馬，常常在馬廄裡放養一隻猴子，這樣可以避免馬群發生瘟疫。為什麼會如此呢？因為猴子非常愛動，當馬廄裡的馬臥槽不動的時候，猴子就會去撩撥牠，讓馬不得安生。這樣，馬就會活動起來，加強鍛練，也就不會有瘟疫之類的傳染病了。當悟空和同事一起喝酒的時候，那些同事告訴他，弼馬溫不過是一個不入流的小芝麻官，這下可惹惱了悟空，他不辭而別，跑回花果山，繼續去當他的山大王。

第一次出來混，就被人給耍了，悟空的鬱悶，可想而知。但是鬱悶歸鬱悶，我們還要想一想吳承恩為什麼讓剛出道的悟空當一個馬倌呢？為什麼不是牛倌羊倌豬官呢？這裡面還是非常有講究的。

悟空的如意金箍棒，就是胎兒發育出男根，這個很好解釋，定海神針伸縮自如，可大可小，還有金箍，那不是男根，還能會是人體的什麼器官呢？前面拜師的時候，他還說自己沒有性，但發育出男根，就是一個男子漢，驚動了天庭，其實就是他的家庭，也就不足為奇了。至於闖入地府勾銷了生死薄，其實就是告訴我們，他已經有了強而有力的生命力，不會胎死腹中了。而且人類不論怎麼輪迴，都是擺脫不了猴性的。

我們常說心猿意馬，也就是說，人都有猿猴的心和馬的意識，所以提起人的意識，就會形容為天

馬行空，提起人的精神，就是龍馬精神。這個時候，悟空顯然還躲在他媽咪的肚子裡沒有生出來，當上了弼馬溫，他開始產生了意識，有了自我感覺。做為胎兒來說，開始初具人形。

弼馬溫這個官職，已經告訴我們，猴子和馬，也就是心猿意馬，是分不開的，馬靜若處子、動若脫兔，猴子活潑好動，人的心性和意識大抵就是這樣。自我意識是人類獨有的東西，有了自我意識，才能被稱作人。悟空被玉帝任命為弼馬溫，就和馬連在了一起，心猿遇到意馬，當然就有了人的思維、行為和動作。

按照吳承恩的說法，從悟空大鬧龍宮和地府，到天上當弼馬溫的這段時間，應該是胎兒發育四到五個月大的光景，能夠看出性別，並開始有零散的自我意識產生，能夠接受來自母體的資訊，並且有了胎動。

科學發展到今天，雖然人們還無法全面瞭解胎兒的心理和意識活動，但這並不影響吳承恩運用自己的學識，充分發揮想像，為我們生動地描寫出一個胎兒精彩的世界。那是一個養精蓄銳的過程，自覺意識萌芽，人性渾然天成，一個生機勃勃的小生命，等待橫空出世的那一天。

大鬧蟠桃宴：桃子引發的血案

從弼馬溫工作上離職跑回花果山水簾洞，悟空很快豎起「齊天大聖」的旗幟，公然和天庭對抗。悟空這一擅離職守，自立為王，無組織無紀律的行為，惹惱了玉帝，他派出天庭員警總署的首領托塔李天王，帶領他的兒子哪吒，來到花果山刑拘悟空。

很可惜這次對決，李天王和哪吒都沒有贏過悟空，只好逃回天上找幫手。這時候，太白金星認為自己又得到露臉的機會，便出面建議，透過和平談判解決糾紛，條件是承認悟空為齊天大聖，給他一個有名無實的閒職，讓他有官位，但沒有實際權力，將他養起來，省得他找事惹麻煩。

玉帝再次採納了太白金星的意見，讓他擔任談判代表，欲成此事。太白金星來到花果山，故技重演，又騙得悟空高興地跟隨他，跑到天上來當齊天大聖。這次玉帝還算給面子，在蟠桃園的旁邊，為悟空建了一所豪宅，名曰齊天大聖府，裡面分成兩個院落，分別叫安靜司和寧神司，還送給他兩罈好酒。意思非常明顯，你就在這大聖府裡好好待著，沒事就閉目養養神，煩了可以喝點小酒，只要不找碴鬧事就行。

悟空住在齊天大聖府，除了結交朋友，喝酒取樂，整日無所事事。有人看不下去，便開始說閒話，並且建議玉帝給悟空找點事做，免得他閒得難受生是非。玉帝一聽有道理，便安排悟空管理蟠桃園。

等到王母娘娘的蟠桃大會來臨，七仙女們來摘桃，麻煩事來了。園中好桃子都被悟空吃光了，剩下的都是一些殘次品，實在挑不出幾個像樣的。而當悟空從她們口中挖出情報，得知自己並不在蟠桃大會受邀的嘉賓行列，他感到顏面無光，於是冒充赤腳大仙來到蟠桃宴現場。他用迷藥迷倒了籌備宴會的工作人員，把好吃的統統吃了一遍，好喝的統統喝了一遭，還跑到太上老君那裡，把他的仙丹吃的一乾二淨。等到酒醒了，悟空知道自己闖了大禍，便連忙逃回花果山。

大鬧蟠桃宴這一場戲很精彩，悟空將自己的天性發揮得淋漓盡致，表演十分盡職。為了地位和尊嚴，更是為了吃到好東西，悟空表現出了天不怕地不怕的齊天大聖氣概。那麼，悟空為什麼要自封齊天大聖呢？這一點很好理解，悟空在他娘的子宮裡，上可摸天，下可著地，當然是齊天大聖了。

上天派員警前來捉拿，悟空與其進行激烈的拼殺，其實寫的是母親身體不舒服，引起胎兒的不適，所以才有打鬥這個比喻。這個時期，母親最希望胎兒安靜和寧神，所以齊天大聖府專門修建了安靜司和寧神司。除了靜養，那就是吃喝了，胎兒發育所需要的營養量非常大，大鬧蟠桃宴，不過是悟空和他娘在爭奪食物，把親娘吃的好東西都弄到自己的肚子裡。從悟空的表現來看，大鬧蟠桃宴應該是六到七個月大小的胎兒的反應，那個時候胎兒發育最快，需要食物營養也最多，是母親永遠也吃不飽的階段。

悟空跑到天上過了半年光景的幸福生活，他的那些猴子猴孫們卻感覺他離開了一百多年，這就是天上一日，人間一年的說法。為什麼會有如此大的差異呢？這是因為胎兒的每一個進步，都牽扯到人類漫長的進化，都是從獸性到人性的偉大跨越。

從靜到動，悟空的天庭經歷，實際上是一個女人對胎兒發育的感受，她可能感覺肚子裡的小傢伙太調皮，折騰得她太難受，所以要讓他安靜。同時又和自己搶嘴吃，實在讓人有點受不了。下一輪的懲罰，註定會來到。

身陷八卦爐：燒死我也不說

悟空大鬧蟠桃宴，王母娘娘很生氣，後果自然嚴重。玉帝派出大批的員警，到花果山要把悟空捉拿歸案。這一輪廝殺，要比上一次嚴重得多。不僅員警總署的首領托塔李天王親自掛帥，還請來楊二郎幫忙。在與二郎神的鬥法中，悟空不幸被二郎神帶來的哮天犬咬了一口，又被太上老君的金剛套擊倒在地，被捆綁了起來。

活捉了悟空，對於天庭來說，是一大快事，但接著煩惱就來了，那就是如何執行悟空的死刑問題。砍頭肯定沒用，用槍刺，用火燒，用雷劈，行刑的劊子手們使盡渾身解數，均不能傷悟空半根毫毛。用什麼辦法才能滅了這個猴崽子呢？正在玉帝犯愁的時候，太上老君發話說：「乾脆把這毛猴放到我的煉丹爐裡火化了吧。」玉帝一聽，這主意不錯，就把悟空交給太上老君。

太上老君怨恨悟空偷吃他的仙丹，便讓手下把火燒得旺旺的，非要把悟空煉成仙丹不可。悟空多聰明啊，以他冰雪聰明的腦袋瓜，立刻發現了老君八卦爐的祕密，於是躲在八卦裡巽宮的位置，巽就是風，有風無火，自然燒不到自己。很可惜，由於風大，悟空從此落下了迎風流淚的毛病。

煉了七七四十九天，太上老君聽到八卦爐裡沒了動靜，以為悟空肯定被火化了，忙不迭地打開八卦爐的爐門，巴望著能撿出幾顆仙丹。沒想到，只見兩顆閃閃發光的夜明珠，並且還骨碌碌亂轉，緊接著，蹦出了一個黑乎乎的東西，原來悟空不僅沒有被火化，還成了精。

悟空蹦出來後，踢翻了老君的八卦爐，一路打上了凌霄寶殿。這可嚇壞了玉帝，急忙到西天搬救兵，請如來佛祖幫忙降服悟空。如來佛祖的水準不是一般的高，而是超一流的高，他耍了個花招，讓悟空站在他的手掌心，並對悟空說：「如果你能逃出我的手掌心，那麼我就讓玉帝讓出寶座，換你來坐；如果你逃不出去，就到人間去修行吧。」

悟空信以為真，跳到如來佛祖的手心開始翻跟頭，幾個跟頭翻過之後，就認為已經跑到了天邊，於是在五個大柱子上撒了泡尿，並寫上了到此一遊，做為證據。誰知折騰了半天，還是沒有跳出如來佛祖的手掌心。如來佛祖將手一翻，便把悟空壓在手掌下，並化成了一座五指山（又叫兩界山），壓住了悟空，讓他動彈不得。從此，悟空開始了長達五百年的囚禁生活。

悟空偷吃蟠桃，與二郎神、太上老君對戰，八卦爐裡被燒七七四十九天，出來後又大鬧天宮，最後被如來佛祖壓在兩界山下，這一連串精彩的大戲，是悟空最精彩的表演，也是整部《西遊記》的重頭戲。按照胎兒發育史來說，這一階段，正是胎兒八到十個月的那一段時間。俗話說，七活八不活，七個月大小，胎兒已經發育完全，如果早產的話，就能夠養得活了，那時候，胎動的最厲害，營養需求也最多。八到十個月，反而是胎兒的危險期，這個時候，胎兒主要是發育大腦和視神經，健全免疫系統，儲存能量。

悟空與二郎神、太上老君等人爭鬥，演繹的就是胎兒免疫系統和神經系統受到的挑戰；八卦爐裡修練，正是胎兒出生前的靜伏期，男孩的睾丸開始從腹腔下降到陰囊裡，能夠自主呼吸了，熬過這一時期，胎兒就可以順利分娩。悟空大鬧天宮，其實就是胎兒臨產時子宮收縮的陣痛，悟空鬧的厲害，說明陣痛劇烈，直到接生婆如來佛祖用他的大手掌把悟空握在手心，包在襁褓裡，一個新生兒就這樣呱呱墜地了。

悟空兩界山下的五百年，其實就是嬰兒襁褓中的五十天生活。《西遊記》寫到此，就把一個胎兒的發育過程，全部演繹了一遍，接下來便開始無憂無慮的童年生活。

這一幕大戲裡，有幾個細節還是帶有科幻色彩。二郎神顯然就是一個江湖郎中，打鬥中他讓托塔李天王使用照妖鏡，照妖鏡當然沒有，但功能卻相當於現在的超音波，能夠看清胎兒的位置。二郎神與悟空的鬥法，變幻出各種幻象，代表著胎兒對各種刺激的反應。至於八卦爐中修練一說，顯然是吳承恩把人體當成了周易八卦推演，並演繹出人類為什麼會流眼淚這一現象。天宮，自然就是指母親的子宮，胎兒的一舉一動，都會引起母體各個神經和器官的變化。

對於女人來說，懷胎十月，既是一個幸福的過程，也是一個痛苦的過程。

怒歸花果山：

正如我輕輕地來，不帶走一個手下

自從悟空跟隨師父唐僧去西天取經，沒少受到為難，這也屬於正常現象。一個新組建的團隊，領袖和下屬之間的關係如何處理，肯定需要一定的時間來瞭解和磨合。畢竟彼此的人生觀不同，性格不同，思維方式不同，初次在一起合作，難免會有磨擦。

悟空年少氣盛，喜歡打打殺殺，而他的師父唐僧，吃齋唸佛，極力主張不殺生，是一個講究積德行善的老好人。悟空第一次和師父發生摩擦和口角，是他被師父救出，殺死六賊的時候，師父怪罪他不該打死那六個攔路搶劫的劫匪。悟空心高氣傲，一氣之下，便離開了師父，跑到東海龍王那裡喝茶了。最後還是被東海龍王用張良三撿鞋子的故事給勸了回來，回來後，師父便給他戴上了緊箍兒。

第二次衝突就是三打白骨精時。悟空認得三次變化成女兒和老人的妖精，可是師父沒有火眼金睛，辨不出個子丑寅卯，於是又開始怪罪他亂殺生，加上八戒的挑撥，師父一怒之下，就把悟空打發回花果山。

無論是剷除六賊，還是三打白骨精，悟空做的都沒有錯，那麼師父為什麼還要怪罪他，非要趕他走呢？大家都知道，悟空是一個人的童年化身，代表著一顆童心，而他的師父唐僧，是一個人的老年化身，代表著老年意識。我們先看悟空剷除的都是哪六個賊，眼看喜、耳聽怒、鼻嗅愛、舌嘗思、意見慾和身本憂。

這分明是寫人的七情六慾，悟空既然是一個人的童年化身，離開兩界山，就是一個幼兒脫離了大人的手心，已經初通人事，自然就會透過眼、耳、鼻、舌、身、意，產生七情六慾。師父唐僧以一個老年人的眼光，看待孩子身上的這些慾望，有著非常矛盾的心理。雖然七情六慾是人的天性，但如果不清除掉，就無法修行成佛。

取經路上，悟空的第一戰就是剷除六賊，其實就是寫一個人從小便開始克制七情六慾，為老年當和尚做準備。至於三打白骨精，同樣是對一個人童年慾望的考驗：一個女性的考驗，一個家庭父母的考驗。要想當一個合格的僧人，可是第一不能娶老婆，第二不能有家庭。所以，悟空很快就斷絕了對女人和父母家庭的念想。

我們常說，魔由心生。世界上哪有什麼妖精，有的只是人內心的慾望和雜念。悟空剷除六賊和三打白骨精，他的師父每次都口生怨言，師徒反目，正是一個人內心慾望的掙扎和矛盾。人到底為什麼活著？克制慾望，到老成仙成佛，難道這就是人生的最高境界嗎？吳承恩一方面在肯定著、讚揚著，一方面又在否定著、抱怨著。這是人性的掙扎，也是人生的矛盾。

人克服七情六慾，當然是件痛苦的事情。悟空回到花果山後滅了山下眾獵戶，就是明顯的例證。

那些圍獵花果山眾猴的獵戶，都是些什麼東西呢？吳承恩交待得非常清楚，便是四味名貴的中藥，人參、朱砂、附子、檳榔。這分明是告訴我們，一個幼小的孩童拋棄家庭出家當了和尚，由於想家，得了一場大病，吃了四味中藥，才徹底治癒。

悟空獨自一人離開了師父唐僧，明擺著是寫一個人的人性分裂，老年時偶爾泯滅了童心，導致心理疾病，結果再次陷入妖魔侵身的境地。這樣看來，一個健康的人，即便到老，也要保持完整的心性，不能沒有童心，也不能完全孩子氣。就像悟空離不開師父唐僧，唐僧也離不開悟空一樣，人性只有完善才能健康，只有人性健康生命才能完美。

小兒戲禪心：

誰家沒有幾門窮親戚

中國人是最講究人際關係的，每個人都會有幾個遠親近鄰。悟空雖然是從石頭縫裡蹦出來的，但也毫不例外，他當年在花果山稱王時，就曾結拜了一些兄弟，其中牛魔王就是他的結義大哥。這一陳年舊事，沒想到成了他西天取經路上的一道不大不小的關卡。

悟空和牛魔王的關係很好，離開花果山後，雖然兩人斷絕來往，但舊情還在。俗話說，龍生龍鳳生鳳，老鼠生子會打洞。牛魔王是妖怪，他的兒子紅孩兒自然也是妖怪。紅孩兒作亂時，經過三次的分分合合，悟空已經與他師父唐僧磨合得很好了，他明明看出紅孩兒是個妖怪，但還是聽了師父的話，背著紅孩兒走，後來才發生了唐僧被搶跑的事情。

紅孩兒搶走唐僧，當然也沒有別的目的，不過就是想吃一口唐僧肉，讓自己長生不老。當悟空知道紅孩兒是牛魔王的兒子時，心裡多少有些放心，覺得多少還有點沾親帶故，不看僧面看佛面，看在他和紅孩兒的老爸牛魔王八拜之交、磕頭結義的份上，也不會為難師父。可是當他說出這層關係後，連沙僧都笑話他說：「三年不上門，當親也不親。你們都五百多年不來往了，既不送禮，又不喝酒，還攀得上哪門子親啊。」

紅孩兒不認他這個八竿子打不著的叔叔，自然不會放唐僧出來。悟空雖然會七十二變，無奈還是打不過紅孩兒，被紅孩兒一把火差點燒死，最後多虧觀音菩薩親自出馬，才救出了唐僧。

這是一個非常好玩的故事，以齊天大聖為首的取經團隊，竟然讓一個光屁股小孩玩弄於股掌之上，說出來想不令人笑話都不行。那麼，世上有這麼神通廣大的小孩嗎？顯然沒有，吳承恩寫這個笑話一樣的故事，同樣是對以悟空為代表的童心的一種考驗。

人都有三親六故，七大姑八大姨，如何處理好這些人情世故，是人生的必修課題。悟空也必然會遇到同樣的問題。紅孩兒既然是他結義大哥牛魔王的兒子，按理就要叫他一聲叔叔，這樣的關係，說遠不遠，說近不近，最難處理。

悟空幫助牛魔王照看小侄紅孩兒，也是順理成章，合情合理的事情。誰知他背著紅孩兒行走的時候，竟然想把這孩子扔到石頭上摔死，結下這麼大的樑子，紅孩兒豈能善罷甘休。他所謂三昧真火，其實就是心頭的怒火。

悟空此時搬出所謂的親戚關係當然不管用了，這個時候，只能交給家長來處理。因此悟空化作紅孩兒的老爸牛魔王來矇騙紅孩兒，被紅孩兒識破後，只好再次逃跑，請觀音菩薩來調解。

悟空請觀音菩薩來調解這個矛盾，完全靠著一張嘴，觀音菩薩想把淨瓶借給他用，但害怕有借無還；想讓散財龍女陪他去，又怕他使壞；讓他出點錢，破財免災，來擺平這事，他又耍賴說沒錢；讓他拿著淨瓶，他又藉口說拿不動。悟空既不能出錢，也不能出力，觀音菩薩沒辦法，只能親自走

一遭，用強硬的手段制服紅孩兒。

那麼，觀音菩薩是如何解決這一矛盾的呢？首先，勸說紅孩兒要有大海一樣寬廣的胸懷，熄滅心中的怒火，得饒人處且饒人，這就是用淨瓶裝大海的原因。

其次，用道德倫理征服，用彼此連結的血肉親情讓紅孩兒痛不欲生，為此設計了蓮花寶座和三十六把天罡刀，刀上帶有倒刺，勾連住就別想拔出來。最後，進行提拔收買，觀音菩薩從倫理道德上征服紅孩兒後，擔心紅孩兒不服氣，便直接提拔紅孩兒當了善財童子，做自己的手下，這才算平息了這場糾紛。

整部《西遊記》，就是一個人精神西遊的心路歷程。人要想修身成佛，必須要出家當個和尚，當和尚就要斷絕塵緣，什麼親戚、朋友，統統都要捨棄，做不到這一點，一切免談。悟空摔死紅孩兒，就是狠心割斷這種世俗人際關係的牽扯。

三借芭蕉扇：借點愛情撲滅心中的慾火

向鐵扇公主借芭蕉扇，是悟空上演的又一場親情戲。西天取經團隊，遇到的一個重大障礙，就是地理環境險惡，交通條件複雜，行路不便。遇到八百里火焰山，可以算得上西行路上最大的自然障礙了，只有搧滅火焰山上熊熊的烈火，他們才有可能繼續西行。而要想搧滅火焰山的大火，非牛魔王的老婆鐵扇公主手中的芭蕉扇不可。

鐵扇公主是何方神聖？她就是羅剎女，牛魔王的大老婆，紅孩兒的親娘，悟空的嫂子。有了這層關係，借芭蕉扇的任務，自然就落在悟空的頭上，但有一點非常不利的是，悟空不久前得罪了這位嫂子的寶貝兒子紅孩兒，害得紅孩兒失去自由之身，只好去當一個善財童子。結下這樣一個大大的樑子，悟空想借到芭蕉扇，就有點難度了。

果然，悟空來到鐵扇公主的別墅，攀了親戚，解釋與紅孩兒的誤會，說明來意後，不僅沒有借到扇子，還被怒火中燒的鐵扇公主，搧到了十萬八千里之外。悟空只好弄了一顆定風丹回來，並變戲法一樣鑽進他這位嫂子的肚子裡，騙回了一把假扇子，結果不僅沒有搧滅火焰山的烈火，還越搧越

旺，被八戒兄弟笑話。

一計不成又生一計，這次他又假冒鐵扇公主的老公牛魔王，和鐵扇公主一陣耳鬢廝磨之後，又騙到了扇子，這次的扇子是真的，很可惜，在回去的路上，牛魔王以其人之道還治其人之身，假扮成八戒，又把扇子騙了回去。

親情牌不行，感情牌也不行，悟空只好使出吃奶的力氣，開始暴力搶奪。自己打不過就到處搬救兵，請來天上的神仙，西方的金剛，一起上陣，才最後打敗了牛魔王，奪來芭蕉扇。

牛魔王一家，是《西遊記》裡難得一見的人性化妖怪之家，人情味最濃，最具有世俗百姓家庭生活特色。牛魔王先娶了羅剎女，生了個兒子紅孩兒，在觀音菩薩手下工作，他接著又在外面包養情婦玉面公主，兩個人感情很好，如膠似漆。而羅剎女對牛魔王包養情婦，持默認的態度，自己默默地躲在家裡閉門過日子，連個男童都不允許進門。牛魔王沒做過什麼傷天害理之事，玉面狐狸也僅僅是喜歡牛魔王，因為女人的嫉妒，才私下罵了競爭對手幾句，也沒有什麼過分的言行。羅剎女雖然擁有芭蕉扇，掌握一門獨門絕技，經常搧滅火焰山大火，讓百姓們種田打糧，然後收取一些瓜果梨桃之類的貢品，也是靠自己的技術吃飯，並沒有做過什麼坑害百姓的事情。這樣的一家人，就因為不借給悟空芭蕉扇用，就被害得家破人亡，於情於理，都說不過去。

那麼，吳承恩為什麼還要製造這樣一個有違常情的慘案呢？明顯是另有隱情。牛魔王本來也是心猿所化，與悟空同宗同源，就像是雙胞胎兄弟一般。其實，牛魔王就是悟空的魔性化身，這種牛脾氣是他天生就有。所謂的火焰山，即是他出生時帶來的一股邪火，一股男女的慾望。悟空漸漸長大成人，不可能不產生男女私慾，他內心還非常嚮往過著牛魔王那樣平凡世俗而又幸福的日子，娶個老婆，生個兒子，還可以包養個情婦，多美好的生活啊。

悟空一借芭蕉扇時，鑽進了羅剎女肚子裡，其實就是想瞭解女人的心思。二借芭蕉扇時，變成牛魔王的模樣，兩人軟玉溫香，溫柔了半天，哄騙來芭蕉扇，也就是贏得女人的芳心。等到三借芭蕉扇，就是悟空內心矛盾掙扎和鬥爭的過程了，他必須戰勝自己心中的魔性，最終才能夠修成正果。

自古兩大仇，殺父之仇，奪妻之恨。連牛魔王自己都說，朋友妻，不可欺，朋友妾，不可滅。悟空要消滅自己的魔性，談何容易，要硬生生剔除自己的生活慾望，繁衍的本性，鬥爭的慘烈程度，可想而知。這一鬥爭的勝利，最後靠天上的神和西方四大金剛才得以完成。

有經處有火，無火處無經。要想修得佛家的正果，必須克服掉內心熊熊燃燒的慾火，過不了這一關，那就趁早扔了和尚的袈裟，回家相妻教子，過凡人的日子去。

二心生兩猿：你替得了我的身，替不了我的心

悟空和師父唐僧第三次交惡，還是因為殺人。如果三打白骨精冤枉了他，這次還真沒冤枉他。按照師父的說法，他們不過是一些攔路搶劫的歹徒，縱然搶劫有罪，忤逆不孝不對，也應該交由官府去處理，去治他們的罪，悟空有什麼資格要了他們的性命啊！師父的說法是對的，縱然是正義在手，但也不能用正義代替法律，如果誰認為正義了，就可以殺人，豈不是天下大亂了。這種草菅人命的行為，絕不能容忍，取經事小，公理事大。所以師父鐵了心要維護法律的嚴肅性，堅決驅逐悟空，任憑他如何求情，都無動於衷。

悟空離開了取經隊伍，內心很矛盾，既憤憤不平，又心有不甘，於是鬧出了一場真假悟空的鬧劇。兩個悟空，真假莫辨，一個悟空跑到觀音菩薩那裡去訴苦，發牢騷，表達自己的不滿。而另一個悟空，很不服氣，回到花果山，重新組建隊伍，打算自己去取經。悟空有這種想法一點也不奇怪。憑他的本事，自己去西天取經，還不是易如反掌的事情嗎？翻幾個跟頭就到了西天，何苦像唐僧那樣，用雙腳丈量大地，一步一步向前走，不知何年何月才能走到。

「這個呆板迂腐的師父一點情面不講，一點感情沒有，我悟空一路降妖除怪，化齋討飯，歷盡艱辛，沒有功勞也有苦勞！不就是打死了幾個危害人間的歹徒，而且那些歹徒還是些忤逆不孝之子，我這是為民除害，何必那麼絕情地把我趕出來？你無情，就別怪我無義，離開你唐三藏，我悟空照樣能去西天取經。」這樣一想，心高氣傲的悟空立刻拔根毫毛，變出了唐僧、八戒、沙僧和白龍馬，重新組建西遊取經五人組。當然，在這個新團隊裡，他悟空是老大，沒有人再給他唸緊箍咒讓他頭疼了。

既然有了兩個悟空，自然帶來一個無比棘手的問題，沒有人能辨別出真假來，搞不清哪個是真悟空，哪個是假悟空。也就是說，沒有人能搞懂悟空的真實想法，到底是真想保護唐僧去西天取經，還是自己另立門戶去取經。

辨別悟空的真心，可難壞了眾人，八戒沙僧辨不出來，唐僧唸緊箍咒辨不出來，玉帝辨不出來，閻王爺辨不出來，就連親手導演他們組建團隊，安排他們西天取經的觀音菩薩也眼花撩亂，辨別不出真偽來了。最後只好來到如來佛祖那裡，請他來做終審裁定。

這麼一個精彩故事，寓意卻再簡單明瞭不過了。中國人信奉道教陰陽學說，為人處世歷來講究陰陽互生，有陰有陽，嘴上一套心裡一套，嘴上說的和心裡想的向來都是兩碼事，嘴上表現一心為公，肚子裡卻一直打著自己的如意小算盤。悟空當然也是如此，他嘴上向菩薩訴著苦，申辯著自己的委屈和忠心，內心卻憤憤不平，很不服氣，相信自己一人同樣能夠成功。這種心態和想法，別人自然摸不著猜不透。最後，也只有如來佛祖看穿了他的心思。無奈之下，悟空只好親手打死了另一

個悟空，即是自己放棄了自己內心的想法。

悟空殺死劫匪，不過是除暴安良的少年英雄情懷的表現。在老年的唐僧看來，是不可饒恕的錯誤。這是一個人年老後對青少年時期魯莽行為的追悔，但這種追悔也是矛盾重重。自古英雄出少年，青少年血氣方剛，嫉惡如仇，有點過激行為再自然不過了。可是有時候這種過激行為，可能會改變一生的命運，這種改變，年少時還會認為沒什麼，等到老了，就會後悔莫及。

真假悟空這場戲中最有意思的是，假悟空為了奪取師父的包裹，曾經把師父打昏在地，讓他失去一段記憶。關於這一點，可能很多朋友會不解，既然悟空代表的是一個人少年兒童時期，唐僧是一個人的老年光景，那少年的悟空怎麼會打暈自己的老年呢？難道他有高科技的時光穿梭機嗎？這一點也不奇怪，人到老年，少年心性依然存在，這種少年心性與老年的思維想法，有衝突和鬥爭也是必然的。假悟空打暈了唐僧，恰好說明，少年的心性曾經佔據上風，令老年的想法瞬間折服，只不過很短暫而已。

兩個悟空之所以鬥得你死我活，難分勝負，說明人的私心和公心，都很強烈，一時間難分高下。克服私心是一個艱巨而複雜的過程，需要巨大的毅力和外界強大的壓力。

七十二變：變著戲法逗你玩

人們最羨慕悟空的，莫過於他會七十二變。可是吳承恩並沒有詳細為我們列舉悟空的七十二變，到底有哪些變化，只是在西遊的實際工作中，根據當時情況需要，變出所需要的東西來。也沒有人統計過，在整本《西遊記》裡，悟空到底變出了多少東西，但是想變什麼就變什麼，這一個事實是不可否認的。由此看來，悟空的七十二變，並不是確指，而是隨心所欲，想變什麼就變什麼，表示變化多端的意思。否則的話，哪有那麼巧，所有需要的變化恰巧都在他所會的七十二種裡面呢？

在整本《西遊記》裡，悟空運用七十二變最得心應手的機會有兩次，一次是與楊二郎鬥法，一次是與牛魔王打架。這兩次都帶有比武和表演的性質，有點嘩眾取寵的味道。與楊二郎那次鬥法，是悟空第一次表演他的所學，展示的多為大自然禽獸變化，但那時候他的變化還很稚嫩，有漏洞的，他最拙劣的變化就是變成了一座土地廟，卻無法把自己的尾巴藏起來，只好變成一根旗杆，樹立在廟後。這一違反常識的變化，讓楊二郎一眼看穿，而成為一大笑柄。與牛魔王的技術比武，同樣側重以飛禽猛獸的變化為主，角逐的是誰更有想像力，更會運用一物降一物的原理。這兩次比武，最

華麗、最好看，但也最無用、最空洞，基本上難以解決實際問題。

悟空最擅長的變化就是變成小昆蟲去偷窺和冒名頂替別人。這兩種變化，雖然不好看，但要實用得多，充滿了實用主義的功利色彩。每次運用，都能有效地解決問題。其中變成小蟲子偷窺的案例，數不勝數，是他最拿手的好戲。至於冒充別人，悟空更是肆無忌憚，全然不顧什麼肖像權之類的侵權行為。在冒充別人這方面，最浪漫的變化，莫過於變成牛魔王，調戲鐵扇公主了。

金蟬脫殼、隱身遁形也是悟空的一大本事。他動輒就讓自己的元神出竅，只把一具屍體扔在那裡，自己隱身遁形去做其他的勾當，進而騙過眾人的眼睛，達到自己的目的。

當然，世上沒有任何人會所謂的變化，別說七十二變，就是一變也不可能，現在易容術，也僅僅改變一點外在皮毛而已，很容易就會被看穿。那麼，吳承恩為什麼要賦予悟空這麼大本事呢？難道僅僅是為了炫耀自己豐富的想像嗎？當然不是。

善於幻想是兒童的天性，每個小孩子都會有充滿激情的幻想，而且這種幻想永不停歇，接二連三，變化無窮，毫無章法。他們對世界充滿了疑問，有探究世界的好奇心，總是把自己想像成一隻小蟲子，進而爬進他們無法進入的世界去看個究竟。當他們看到有的人總能輕而易舉地做成一件事，而自己卻無權利或沒有能力去做時，常常希望自己變成那個人，進而完成自己無法完成的事情。

對於一個孩子來說，當他們面對外在威脅感到無助時，尤其是他們想戰勝某種力量的時候，常常把自己幻想成比敵人更厲害的角色。你是蛇，我就變成鷹，你是獵豹，我就是老虎，反正不管怎麼說，我都比你厲害，最後勝利的一定是我。這就是小孩子的心理，也是為什麼悟空會七十二變，而師父一點也不會的原因。人到老年，已經沒有那些不切實際的幻想了。

當小孩子受到嚴厲的監管，想做什麼事情而無法做的時候，他就會想，自己會分身術多好啊，那樣就可以來個金蟬脫殼，把一個自己留在大人身邊裝樣子，而真正的自己跑出去玩。這樣的心理，才使悟空有了元神出竅的本領。

七十二變，也是從另一個角度說明少年兒童變幻不定的心性。沒有誰能知道孩子的腦袋裡到底在想什麼，可能剛剛把自己想成了英雄，轉眼就會想如何騙過老師而不用寫作業。別說七十二變，七百二十變都屬正常。

歸位鬥戰勝佛：到老不知天高地厚

歷盡千辛萬苦，西天取經成功，論功行賞後，悟空被提拔為鬥戰勝佛。把合適的人安排在合適的工作上，這個職位對於悟空來講，可說是再適合不過了。

悟空天性爭強好勝，即便成了佛，也仍然是一個鬥戰勝佛，除了打打殺殺，好像也沒別的事情可做。這也非常正常，悟空既然是少年兒童的化身，自然具有天不怕地不怕，敢想敢做的少年天性。而這一天性，恰恰是人生當中，最能解決問題的一種本性。

西天取經，經歷了九九八十一難，解決每一難，悟空幾乎都是主力，都是他在想辦法定策略，並最終親自操刀實施。表面上看，是因為悟空聰明，本領高強，而實際上是少年的青春氣息和勃勃生機在幫助他們克服重重困難，經歷各種考驗和磨難，最終功德圓滿，抵達人生的至高境界。

悟空到底經歷了多少戰鬥？如果細細數來，幾乎可以申請金氏世界紀錄。打打殺殺是他的家常便飯，從最初的大鬧天宮和地府，到殺六賊，三打白骨精，最後擒玉兔，從天上打到地下，從東方打到西方，悟空自出生好像就沒有停過，除了用自己的金箍棒打架，拔下毫毛對決，還藉助各種外在力量，幫助自己戰鬥。幾乎所有能夠利用的戰爭資源，都會被他連矇帶騙地派上用場。

悟空雖然本事高強，又天生好鬥，但也不是常勝冠軍，有時候也會被打得丟盔卸甲，狼狽不堪。他曾經被紅孩兒放火燒了個半死，連翻跟頭的力氣都沒了；被楊二郎哮天犬咬了一口；獅駝嶺大戰好像也沒有討到什麼便宜。但勝敗乃兵家常事，悟空是不會吃眼前虧的，打不過就跑，就去搬救兵，就像小孩子，受了欺負就回家告訴親娘。

難道悟空真的就這麼好鬥，每天都在打打殺殺嗎？當然不是，悟空的打鬥，更多是一個人內心思想和慾望的掙扎，是各種想法的較勁和角逐。人的少年時期，是想法最多，也是想法最多變的時期，幾乎無時無刻都會有新想法，各種想法交織一起，難以取捨。

悟空戰鬥的武器就是如意金箍棒，世上當然沒有如此稱心如意的寶貝，說白了，其實就是雄性的陽剛之氣。沒了這股陽剛之氣，男兒自然就沒有了上進心，沒有前進的動力，更不用說戰勝困難，解決問題了。這樣的金箍棒，能大能小，伸縮自如，並且堅韌如鋼，打不折，砍不斷，除了人的精氣神，自然就沒有別的東西可比。

從悟空個人的性格來看，他幾乎具有一個少年兒童所應具有的全部性格特點。愛衝動，愛炫耀，爭強好勝，激情澎湃，愛打抱不平，這一點表現的淋漓盡致；另一點是喜怒無常，自以為是，心高氣傲，常懷不平之心，不知天高地厚，出手莽撞，居功自傲，還常常欺負老實人。最後一點是喜歡拉關係走後門，不講原則，只講人情，動輒攀親套近乎，不管對錯裡表，只要對自己有利，什麼都可以。

吳承恩為什麼把悟空寫得如此愛打鬥、愛折騰呢？這與悟空的身分有關。常言說，三歲看小，七歲看老。人的性格脾氣，童年時期就基本形成。一個人是否能夠修身成佛，主要看他是否具有慧根，能不能克服掉自己的各種慾念。悟空既然是少年兒童的化身，對於一個修行的人來說，那麼他的主要任務就是與自己的私心雜念鬥爭，從小得戰勝自己的各種慾望，抵制生活的各種誘惑。這種鬥爭既是長期艱巨的，會伴隨自己一生；同時也是充滿痛苦和折磨的，需要人的勇氣和毅力。人的想法越多，慾望越強，這種鬥爭也就越頻繁、越激烈。悟空無時無刻不在戰鬥，說明人的修行並非易事，要時時刻刻清除自己的私慾，保持澄明的心境，不能有一念之差，非分之想。

小朋友們之所以喜歡悟空，當然不是因為他善於和自己的私慾做鬥爭，而是他身上表現出來的孩子氣。那種叛逆的精神、無所不能的本事、樂觀活潑的生活態度，恰恰是小朋友們希望具有的。並不是什麼修身養性、立地成佛，那一套糊弄人的把戲。

入學先定規矩

第二章

紫竹林隱身觀世音

——泥菩薩過江，只為三碗麵湯

觀音赴會：誰請來的家教？

觀音菩薩是《西游記》裡的重要角色。她就像隱身人一樣，不時隱身在悟空和唐僧身後，想什麼時候出現就什麼時候出現，想在哪裡出現，就在哪裡出現。從觀音菩薩的角色定位來看，她應該是整個西遊團隊的牧師、教師、監護人、引渡者。

觀音菩薩第一次登臺亮相，是她來參加王母娘娘舉辦的蟠桃宴，正巧被悟空攪局，她連一口西北風也沒喝到，只好到玉帝那裡打秋風。正好趕上玉帝派兵攻打花果山，有能表現自己的機會，觀音菩薩可不會錯過，她急忙派手下的木吒，去觀敵助陣。木吒大敗而歸，玉帝很著急，這時觀音菩薩又出面推薦了二郎神。

不僅如此，觀音菩薩還建議玉帝到南天門外觀戰，很不巧，二郎神和悟空打了個平手。觀音菩薩覺得沒面子，便想出手幫助二郎神，想趁悟空不備，用淨瓶砸他腦袋瓜一下，就算砸不死，也會砸個半暈。坐在她旁邊的太上老君笑話她說，「妳那淨瓶是一個瓷瓶，萬一打不著，掉在地上不就摔碎了嗎？還是看我的吧。」說完，他從手腕上摘下一個金鋼套扔了下去，正好打中悟空的頭，二郎

神才捉捕了悟空。

觀音菩薩以這種方式亮相，預示著她和悟空之間的關係，註定是一場陰謀。她做為特別邀請的嘉賓來參加蟠桃盛宴，地位實屬上級層，以她的身分，雖然不能與玉帝平起平坐，但做為西方極樂世界的外交大使，在玉帝面前，並不需要行禮，只需要揮揮手，打個招呼，表示禮貌就可以。顯然，觀音菩薩對於天庭和中土來說，僅僅是個客人。

這裡面有一個令人意想不到的細節就是，楊二郎本來是玉帝的外甥，按說玉帝對他應該非常瞭解，反倒是觀音菩薩向他推薦了楊二郎，並說，「無奈楊二郎聽調不聽宣，只能下一道調兵剿匪的命令，讓他去剿匪，不能宣他到天庭來。」很顯然，她比玉帝更瞭解他自己的外甥，更知道怎樣利用他。

觀音菩薩做為一個外人，反而比玉帝更瞭解他的外甥，這是在間接爆料觀音菩薩隱藏的身分。透過這件事來看，觀音菩薩不僅是外交官，還是間諜，一個非常活躍的間諜，弄到了不少天庭和中土的情報，甚至比天庭的最高行政首腦玉帝的資訊還靈通。可見其間諜工作無孔不入，已經滲透到華夏大地的各個領域和各個角落。

本來，悟空攪亂蟠桃宴，不過是玉帝的家事，屬於內部矛盾，觀音菩薩這一摻和，一挑撥，性質就變了。悟空由員警總署出面緝拿的一個要犯，現在變成了敵對的反政府勢力，一下子就變成了全民公敵，不僅觀音菩薩派出特種兵進行干預，還招來了地方部隊的討伐。

觀音菩薩這種行為，顯然在干涉他國內政，如果做為一國最高行政首腦的玉帝頭腦足夠清醒的話，按照國際外交慣例，觀音菩薩有足夠被驅逐出境的標準了。很可惜，玉帝的腦袋裡除了自己官位的穩定外，並沒有國家安全這個概念，導致後來觀音菩薩一手導演了西天取經，進行大規模精神文化入侵的惡劣行動。

做為一個國外勢力的代表，觀音菩薩干涉天庭內政的活動，表現得非常積極主動，先是派出特種兵刺探情報，接著直接參與戰爭，後來又挑撥玉帝挑起內戰，並且還試圖想檢驗她新式武器的性能。如此明目張膽地干涉他國內政，已經暴露出她所代表的西方極樂世界要稱霸中土的野心，後來事情的發展，也恰好說明這一點。

悟空做為一股新生力量，他的反政府行動，讓觀音菩薩有機可乘，這才有了她一片「好心」、熱情主動地安排悟空加入西遊團隊的這事情。

奉旨到長安：我承認，取經的班子是內定的

唐僧組建西遊團隊這件事，是西方極樂世界早有預謀的，為了拉攏收買中土人士為其代言人，進行精神文化侵略的重要舉措。

如來佛祖用五指山鎮壓了悟空，特別開心，一高興，就把自己的胡思亂想編成了一本書推銷出去。於是召集手下開會，商議要找一個東土大唐的人來買回去，還美其名曰取經人。手下們一聽老大有這個雅興，當然人人激動了，都來拍老大的馬屁。其中，就數觀音菩薩表現積極，她主動請纓，要求親自去東土大唐尋找取經的人。

得到了如來佛祖的許可，觀音菩薩帶著自己的徒弟木吒，來東土大唐物色合適的人選。她先後考察了沙僧、豬八戒、小白龍和孫悟空，覺得這幾個人都是被判了重刑，而且都很有本領，如果自己能夠保釋他們，他們一定會感恩戴德，死心塌地保護取經人去西天取經。於是，觀音菩薩便對他們許下諾言，答應恢復他們的自由，做為交換條件，他們必須保護一個人去西天取經。這些蹲大獄受煎熬的傢伙們，巴不得立即出去，哪有不答應的道理，當然都忙不迭地點頭同意了。

考察好了取經隊伍裡的手下，觀音菩薩直奔長安，去尋找適合取經的領頭人。她來到長安城，正趕上唐僧組織萬人集會，發表演講，她發現唐僧這個人口才好，能說會道，有組織能力，也有號召力，人氣還很旺，於是決定說服這個人，由他出面來完成西天取經這件事。

看好了唐僧，就該觀音菩薩顯現自己的手段，來誘使唐僧入套了。為了吸引目光，藉此引起皇帝和唐僧的注意，觀音菩薩喬裝打扮，把自己化妝成疥瘡滿頭，破衣爛衫，光著腳丫的窮和尚，滿大街吆喝叫賣她的袈裟和錫杖。皇宮裡散朝，她藉機擋住了宰相的去路，引起宰相的注意，把她引薦給皇帝。之後她把袈裟和錫杖留給皇帝，讓皇帝轉贈給唐僧，有了皇帝的面子，當然對唐僧就更有說服力了。

做好了這個鋪墊，觀音菩薩潛入唐僧演講的大會現場，質問他會不會講大乘教法。唐僧當然不會，當即被問住了，弄得面紅耳赤，連忙找個臺階，跳下講臺，向她請教。觀音菩薩攪亂了演講大會會場，皇帝聞訊大怒，派人把她緝拿到朝堂之上。觀音菩薩趁機向皇帝吹噓大乘教法如何好，如何能夠讓人超渡升天，脫離苦海。並即時插播了廣告，說只有西天如來佛祖那裡才有，要想得到大乘教法，就要派個人去如來佛祖那裡求取。這樣就為唐僧西天取經，埋下了伏筆。

當然，僅靠這些口頭廣告，肯定沒有說服力，於是她又登臺演講，用現身說法，來說服皇帝和唐僧。她玩了個魔術，把自己和手下變成高貴豪華、祥光繚繞的大師，在臺上侃侃而談，讓皇帝和唐僧等聽眾瞬間為之傾倒，下定了西天取經的決心。做完了這一切，簽訂了西遊的協議，大功告成，觀音菩薩立刻消失，以此彰顯自己的法力，增加自己的人氣，繼續保持自己的神祕感。

內定好西遊團隊的人選，觀音菩薩徹底完成了這次奉旨到長安的任務，下一步，當然就要看皇帝和唐僧的了。

觀音菩薩考察取經團隊人選時，除了說服沙僧、豬八戒、小白龍答應她願意西天取經，並給沙僧、豬八戒取名字外，最有意思的莫過於見到悟空那一節了。她看見悟空被壓在山下，就故意說了一首詩，來揭悟空的短，以此在心理和氣勢上，先壓倒悟空。悟空果然被鎮住，也許他被壓在山下太久、太寂寞了，當觀音菩薩提出保釋他出去的條件時，便不假思索地答應下來。而且他的名字孫悟空，正巧與觀音菩薩給沙僧和豬八戒取的名字都在一個悟字輩上，表面看觀音菩薩遇到悟空純屬巧合，其實是她早已預謀好的。

觀音菩薩最先收服的是沙僧，依次是豬八戒、小白龍、孫悟空，最後找到的是唐僧。而西天取經的團隊構建，正好順序顛倒了過來，唐僧最先出發，然後收服了悟空，接著收服了小白龍、豬八戒、沙僧。這個順序當然不是亂排的，觀音菩薩由西向東而來，首先收服的自然是最西邊的，唐僧自東向西去取經，最先遇到的徒弟當然是最東邊的。這一點，吳承恩一直掐算的很仔細，至於裡面深藏的其他玄機，我們以後慢慢分析。

收伏熊羆怪：別拿我當庸醫

悟空第一次向觀音菩薩求援，就是觀音院袈裟被盜，收服熊羆怪的時候。那時悟空剛剛跟隨唐僧西天取經不久，也是第一次遇見妖怪，沒有什麼經驗，只好請觀音菩薩幫忙。

這次遇到妖怪，完全是悟空一手造成的。他和師父兩人剛剛上路，正在興頭上，還不知道路途凶險。來到一所觀音院住宿，悟空拿出了師父的袈裟，結果勾起了方丈的貪心。那個方丈想了個損招，想放火燒死唐僧師徒兩人，結果被悟空發現，跑走廣目天王那裡弄來了一個辟火罩，只罩著唐僧、白馬和他們自己的行李包裹，至於寺院，任憑大火吞噬。

讓悟空沒有想到的是，這場大火引來了一個妖精，偷走了袈裟。本來這個妖精也是一片好心，看到觀音院失火，趕忙跑過來救火，但看到悟空趴在屋頂上放風，立刻明白這是故意縱火。就在這時，他意外發現了唐僧的袈裟，於是順手牽羊拿回了自己的家。

沒了袈裟，唐僧著急，悟空更著急，這都是他炫耀惹出的麻煩，找不回袈裟，就會吃不了兜著走。唐僧見沒了寶物，早沒了主意，只管大唸緊箍咒，疼得悟空連連告饒，發誓要找回袈裟。後來

悟空跑到黑風山才打聽出袈裟下落，原來是被一隻黑熊給偷走了。

黑熊偷了袈裟，也想誇耀一番，便召開了新聞發布會，準備隔一天舉辦佛衣會。這新聞發布會，正巧被悟空趕上，攪散了會場，舉棒要打偷袈裟的黑熊，黑熊見勢不妙，早一溜煙跑了。後來悟空跟上後，也沒能打敗黑熊怪，只好打道回府。第二天，他又喬裝成觀音院裡的方丈金池長老，想用詭計騙回袈裟，結果被黑熊怪識破，只好悻悻而回觀音院。

夜裡他突然想到這觀音院是觀音菩薩的地盤，在這裡丟了袈裟，當然要找觀音菩薩。於是他起了一個大早，跑到南海觀世音菩薩的別墅，來了個惡人先告狀，如此這般敘述一番。並且責怪觀音菩薩的觀音院失職，竟然容忍一個黑熊妖精當鄰居，如今偷去了袈裟，只好向觀音院的上級領袖觀音菩薩來討要。

觀音菩薩早已得到手下的密報，瞭解事情的經過，她針鋒相對，對悟空進行了反擊，歷數他的錯誤，愛炫耀招致袈裟被偷，不滅火反而吹風，燒壞了她的房產等等。悟空被批的啞口無言，只好放低身段，哀求觀音菩薩幫忙，制服妖怪，討回袈裟。

有了觀音菩薩助陣，悟空略施小計，鑽進了黑熊怪的肚子裡，逼迫他乖乖地交出了袈裟，並老老實實地跟隨觀音菩薩去當一個守山的大神。

這次收服熊羆怪，是觀音菩薩第一次出手援救唐僧的取經團隊，也是悟空第一次和她鬥嘴過招。觀音菩薩既是悟空的救命恩人，同時也是他的啟蒙老師，又是整個西遊團隊的上級主管，悟空與她的關係自然變得極其複雜了。

西遊取經團隊，是觀音菩薩新組建的下屬機構，而觀音院是她的直屬機構，新舊機構之間產生矛盾也是不可避免的。觀音菩薩把袈裟給了唐僧，悟空卻拿出來炫耀，觀音院的領袖自然不服，想辦法奪回，也是正常現象。這次事件，觀音菩薩的處理還算得當，既解決了問題，也沒讓問題擴大，同時還敲打了悟空，用提拔熊羆怪的現身說法，教育悟空應該低調，進而收買人心。

觀音菩薩是一個大領袖，級別應該不亞於國務卿，在這一節裡，吳承恩曾詳細描寫了觀音菩薩居住的別墅，環境優雅，設施豪華。悟空與這麼大的領袖打交道，還連哄帶騙，可見其少年心性未改，也從另一個方面反映出觀音菩薩做為一個老政客的狡猾。她縱容悟空燒了她的房產，同時又幫助悟空收服熊羆怪，進一步收買悟空，讓他既怕又愛，死心塌地為自己賣命，其政治手腕的高超，由此可見一斑。

如果說悟空是少年兒童的化身，那麼觀音菩薩應該是他的家庭教師和監護人。丟袈裟這一事件，恰巧說明悟空曾經讓觀音菩薩很頭疼，差點丟了學業，多虧她即時制止，才沒有讓悟空中途輟學。

突施緊箍咒：

入學先定規矩

觀音菩薩讓悟空答應給唐僧當手下，保護唐僧去西天取經，她自然會想辦法來控制悟空，馴服他的野性，讓他不能任性胡為。那麼，觀音菩薩採取什麼辦法來控制管理悟空呢？那就是給悟空頭上戴了緊箍兒，也就是紀律處罰條例。

觀音菩薩能當這麼大的領袖，自然有一套別人難以企及的政治手腕。她說服悟空保護唐僧西天取經時，並沒有強行給悟空戴上緊箍兒，而是在悟空犯錯誤的時候，要了個花招，哄騙悟空自覺自願戴上的。這讓悟空有苦說不出，心裡雖然不服，但表面也得自覺服從緊箍兒的約束。

觀音菩薩是西遊裡的第一女強人，她幫助玉帝平息悟空叛亂，領旨下長安尋找取經人，組建西遊取經團隊，磨合上下級關係，令她忙得腳不沾地，不亦樂乎。唐僧接受皇帝的委派，隻身一人上路開始西遊之行，也就意味著西遊取經團隊開始組建，安排好了頭，就要有手下，觀音菩薩在西遊團隊裡安插的第一個名額就是悟空。鑑於悟空有犯罪的前科，觀音菩薩必須拿出一定的招數來約束悟空，否則後果不堪設想。她是一個大政治家，自然知道未雨綢繆的重要性，對這事早有準備。並提

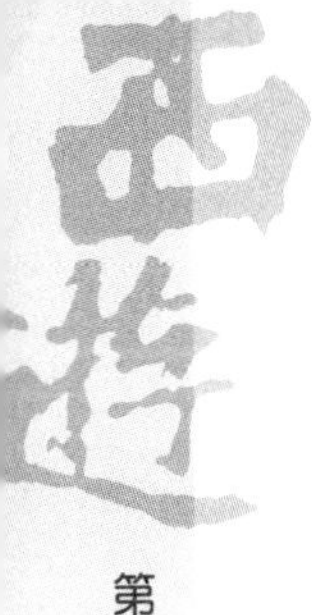

前為悟空準備了三條紀律，美其名曰緊箍兒，就像給野馬戴上籠頭，拴上韁繩一樣，讓他再也不能使性子撒野了。

雖然無法得知套上緊箍兒後所需唸動的緊箍咒的具體內容，但我們完全可以來個猜想，猜猜會是哪些內容。緊箍咒之所以能夠禁錮住悟空，提起來就會令他頭疼不已，其中一點肯定是抓住了悟空的弱點和要害。第二點可能是紀律處罰條例，如果不服從，就會受到怎樣的制裁和處罰。第三點按照常理來說，應該是牽扯到悟空的自身利益問題，例如職位、薪資等，必須有強大的利害關係，才能有強大的制約能力。

觀音菩薩準備好了緊箍兒，是如何給悟空戴上的呢？說來也簡單，她知道悟空賭氣離家出走後，就把緊箍兒變成了一頂華麗的高帽子，送給了他師父唐僧，囑咐唐僧，悟空回來後，你好好安慰安慰他，他一高興就會戴上高帽子。只要他戴上，就再也摘不下來了，他如果不聽話，使性子違反紀律，你只管唸咒語就是。果然，賭氣出走的悟空，到東海龍王那討茶喝，被東海龍王好說歹勸，終於勸得回心轉意，又開心地跑回來伺候他師父。

唐僧對他的態度也來了個一百八十度的大轉彎，變得慈祥可親，悟空一高興，便戴上了高帽子，這正中唐僧的下懷。悟空不戴那頂帽子便罷，一旦戴上了，高帽子立刻變成了緊箍兒，想摘也摘不下來，就像生根一般，長在了腦袋上。唐僧唸動咒語，果然有效用。從此，悟空就像一匹馴服的野馬，乖乖地聽師父的話了。

觀音菩薩既然是悟空的家庭教師，她要想教育好這個活潑好動的猴子，為他定下規矩，制訂幾

條紀律，也就理所當然了。對少年心性的約束，是人生修養的重要內容。要修身成佛，更要嚴格要求。常言道，成人不自在，自在不成人。一個從小就被送入佛門的孩童，不給他制訂幾條清規戒律，是約束不住他的天性的，更談不上參禪打坐，吃齋唸佛了。

無論是從吳承恩的《西遊記》文本裡看，還是按照人的自然成長規律來推論，緊箍兒都是一種紀律條款的象徵。觀音菩薩不僅給悟空戴上了緊箍兒，還給偷袈裟的熊羆怪戴上了一個，這絕不是偶然的巧合。熊羆怪和悟空一樣，可能也是一個學齡前兒童，他住在觀音院隔壁，和觀音院長老關係密切，有了這層關係，到了入學的年齡，觀音菩薩收他入學就很正常。顯然，觀音菩薩是一個教學管理經驗豐富的老師，知道怎樣對付調皮搗蛋的學生，讓他們服服貼貼，規規矩矩，做聽話的好孩子。

甘泉活樹：灑出的花露潑出的水

西遊取經團隊組隊沒多久，發生了一起後果嚴重的盜竊案，他們以團夥盜竊的形式，集體偷吃了五莊觀的人參果。這是西遊裡的一場大戲，吳承恩用了三個章回，才講述完這件事，可見其分量有多重。從贈果到偷果，再到毀果還果，最後再到贈果，悲喜交加，人情翻覆似波瀾。唐僧師徒們經歷了大起大落的心理起伏考驗，是西遊團隊組隊後最全面、最深刻的人性大檢驗，每個人的性格特點、脾氣稟性都暴露無遺。

事情的經過說簡單也簡單，說複雜也複雜。這一切，冥冥之中好像都有人提前設計好一樣，取經隊伍來了，五莊觀的主人卻不在家，給人感覺就是故意迴避，來個人為製造這一場誤會。如果說人參果真的像書中描寫的那樣，按一般道理來說，一定會嚴格看護。而且五莊觀的最高領袖明明知道唐僧的手下都是一夥強人歹徒出身，完全有可能製造事端，這種情況下，本應該如臨大敵，周密部署，確保人參果安全才對，沒想到五莊觀領袖卻集體擅離職守，去參加宴會，只留下兩個小孩負責安全保衛工作。如果不是故意設下的圈套，那就是不可饒恕的瀆職犯罪了。

綜觀整個事故過程，責任顯然不在清風明月兩個保安的身上，悟空八戒的責任也並不大。唐僧帶領西遊團隊來到五莊觀，整個五莊觀空空蕩蕩，只有清風明月守門。八戒嘴饞，聽說有好果子吃，當然不能錯過，可是他不好意思親自下手，只好唆使悟空上樹摘果子。吃了果子之後，悟空還嘔氣把樹連根拔了。接著唐僧師徒們兩次逃跑，兩次都被鎮元大仙用袖子給兜了回來，期間又對悟空實施了鞭打、下油鍋等酷刑。悟空只好拉關係求人情，後來還是觀音菩薩出面，才徹底解決了這一問題，用她淨瓶裡的花露水，澆活了人參果樹。整場大戲，好像都是為觀音菩薩設計導演的一樣，為觀音菩薩最後出來灑點水，做的渲染和鋪墊。

這裡所描述的人參果，世間顯然沒有，人參並不長在樹上，這是常識。如果認真追究，這人參果倒有點與何首烏相似，很像剛出生的嬰兒，只不過比何首烏更逼真，更玄妙而已。何首烏的別名叫夜交藤、地精等，與吳承恩描述的人參果多少有點類似。當然，對於一篇小說來說，人參果的真假，並不重要，重要的是吳承恩到底想要說點什麼。

前文已經說了，悟空是少年兒童的化身，觀音菩薩是悟空的家教兼監護人，那麼順著這條線索，我們就很容易弄明白五莊觀這場大戲的真相了。

五莊觀座落在萬壽山上，在一個清風徐來，月明星稀的夜晚，一個小孩偷摸進入果園，偷吃樹上的果實，又毀壞了果樹。結果迷了路，被何首烏的藤子纏住，怎麼也逃不出去。他的內心充滿了恐懼，想像著一旦被主人捉住必將受盡鞭笞和下油鍋等酷刑，而自己又要想盡辦法避免皮肉之苦，便祈禱神靈出現，幫助脫身。

觀音菩薩做為小孩子的家庭教師和監護人，當然有責任來收拾爛攤子。她和果園的主人鎮元大仙是老朋友，這個問題不難解決，於是出面賠禮道歉，再幫助果園重新栽樹，這件事情也就過去了。鎮元大仙，即是鎮園的意思，也就是管理莊園的頭兒。用現在的話說，就是看果園的園丁。這麼簡單的一件小事，讓吳承恩鋪排渲染得如此驚心動魄，我們不得不佩服他的想像力和好文筆。

做為個人的修行考驗來說，五莊觀偷吃人參果這一事件，顯然是觸犯了佛戒裡的偷盜戒，這一點，人只有到了老年才能做到，所以唐僧沒有參與偷吃人參果。而中年的沙僧、青年的八戒、少年的悟空，均參與其中。參與的輕重，也以悟空代表的少年為最重。觀音菩薩處理這一問題，實際上就是幫助修行的人戒掉偷竊之心，戒掉這一點，是需要花費很大的力氣。為此，這一事件足足寫了三個章回。

善縛紅孩兒：是你動了我的蓮花寶座

紅孩兒是一個光屁股的小孩，他能鬥過觀音菩薩，一點也不現實。問題的關鍵是，觀音菩薩為什麼這樣對待紅孩兒？這就牽扯到一個如何教育培養少年兒童的問題。

西遊團隊是觀音菩薩的下屬單位，歸她直接領導，紅孩兒捉住了團隊的頭領，這可不是件小事。捉了唐僧，就是破壞她的權力基礎，削弱她的地位，威脅她的領袖，這樣的威脅，觀音菩薩是不能容忍的。同時，做為一個上級主管，觀音菩薩也有責任把唐僧解救出來，否則她也無法向上級交待。

紅孩兒扣押唐僧當人質，原因也不是多麼複雜，他就是想從唐僧身上割點肉，弄個長生不老之身。結果被悟空摔成了肉餅，他這一怒之下，便顧不得西遊團隊是觀音菩薩的下屬，直接把唐僧捉走，扣押為人質，想以此發個大財。看來觀音菩薩組建的這個西遊團隊，很有油水，誰見了都想咬一口。

紅孩兒，就是哄孩兒，如果是一個經營單位，那一定是托兒所或是幼稚園。平時經營的效益還

可以，否則沒有那麼大的實力敢和西遊團隊對決，並且把團隊首領扣為人質。當然，還有一種可能是，紅孩兒並不清楚西遊團隊是觀音菩薩投資的，不知其幕後還有背景這麼雄厚的老闆。除了西遊團隊的背景外，單就業務經理悟空來說，就不是好對付的。紅孩兒只想唐僧肉好吃，卻沒有想到這樣做的後果，以致於被打壓破產，連自己也被觀音菩薩收編了。

觀音菩薩擊垮紅孩兒的辦法，不可謂不狠毒。她讓悟空單挑紅孩兒，並假裝潰敗而逃，引誘紅孩兒一路追擊，然後讓出自己的蓮花寶座，虛位以待。紅孩兒爬上寶座後，便被鋼刀鉤刺牢牢地控制住，觀音菩薩將他制服，把他降為自己手下的一個只管分發工資的財務人員。

用自己的寶座誘使紅孩兒上當，這在當今官場裡，屢見不鮮。人們很禁經得住權力的誘惑，紅孩兒也不例外，正是他的權力慾害了他。觀音菩薩透過高官厚祿的方式，誘使一個幼稚園園長上當，顯示出高超的政治鬥爭藝術。任何一個敢於對她的寶座產生非分之想的對手，她都不會客氣，下手絕不手軟。

紅孩兒和悟空有點沾親帶故，牽扯到這一層關係，紅孩兒可能認為近水樓臺先得月，悟空叔叔既然在這麼大的一個公司當業務經理，分給自己點油水也是合情合理的。很可惜他這個叔叔六親不認，下手就是殺招，竟然把他摔成了一個肉餅。合作不成，紅孩兒便要了個把戲，搶奪西遊集團的買賣，並把悟空燒了個有皮無毛，四肢乏力。也就是說，在他和悟空的經營競爭中，悟空被他輕鬆地打垮了，差一點連老本都賠上。這才惹惱了悟空，搬來自己的上司，更有實力的觀音菩薩，這才能夠翻盤，重新獲得西遊經營權。

對於觀音菩薩來說，當悟空的家庭教師和監護人，也實在夠操心的。悟空不時就會惹麻煩上身，然後讓她去擦屁股。能把這樣一個調皮搗蛋的孩子引進佛門，並修成正果，確實不是一件容易的事情。透過收服紅孩兒這件事可以看出，觀音菩薩是個合格的家庭教師，有愛心，為人寬容，而且講究教育方法，透過言傳身教來教育悟空如何寬以待人。

《西遊記》裡的爭鬥，處處充滿了人情味。觀音菩薩這次化解悟空和紅孩兒之間的矛盾，就好像是調解兩個小孩子打架，兩邊都要打壓，還都得哄一哄，給塊糖吃。這樣的處理方法，更像一個慈祥的母親。從這點來看，觀音菩薩更有女人味，能得到百姓的喜歡，也就不足為奇了。

救難現魚籃：蔫壞不是壞，壞起來也可愛

通天河裡，唐僧師父被一條鯉魚精捉走，悟空不會水性，搭救唐僧師傅的重任，自然就落到八戒和沙僧的頭上。可是八戒和沙僧也奈何不了鯉魚精，悟空只好向觀音菩薩求救。

通天河裡有故事，故事還非常的曖昧。為什麼這麼說呢?通天河邊有一個陳家莊，陳家莊有一個靈感廟，靈感廟裡供奉的就是通天河裡的靈感大王。靈感大王來了靈感就要吃掉陳家莊的童男童女，每年吃一對，不多吃也不少吃。靈感大王吃童男童女也是非常講究的，不僅對童男童女特別挑剔，而且必須在特定的日子裡吃。恰巧又到了靈感大王到靈感廟吃童男童女的日子，唐僧帶領的西遊團隊來到陳家莊。遇到這樣的大事，悟空當然不能袖手旁觀，解救被拐賣的兒童，也是他義不容辭的責任。於是，悟空和八戒就扮成童男童女，把靈感大王戲弄一番。靈感大王沒有吃到童男童女，當然不甘心，於是想了一個招數，把通天河給凍住，六月裡下起了鵝毛大雪，看來這靈感大王比竇娥還冤。

唐僧正愁著沒法過河，一看河流結了冰，一刻也坐不住，立刻收拾行李，叫上徒弟們，馬不停蹄

地就要過河。他哪裡知道河流結冰是妖精作怪，還以為自己的誠心感動了玉帝。打死唐僧他也不會料到，走到河中間時，河上的冰突然塌了，他一股腦便沉到了水底。

唐僧沉到了水底，便被靈感大王給捉走，差一點被活活煮了，多虧靈感大王身邊的女人求情，才暫時保全了小命。師父沉到了水底，這可愁壞了岸上的悟空，他不諳水性，就讓八戒和沙僧去引誘靈感大王到岸上來打鬥。很可惜，靈感大王打不過悟空就跑，跑回去便閉門不出，弄得悟空一點招也沒有。他想來想去只有一條路可走，就是去找觀音菩薩。

這個時候，觀音菩薩正躲在家裡偷著樂呢！發生的一切，都是她一手策劃的。她一大早到竹林裡削竹子編竹籃，專等悟空來請。

觀音菩薩用自己親手編織的竹籃，收回了通天河裡潛伏的靈感大王。能用小小的竹籃撈到潛伏在深水裡的鯉魚來，可見其本事之大。那麼，這場事故的真相，到底是怎麼樣呢？

陳家莊的靈感廟，其實就是觀音菩薩收禮的場所，所謂童男童女，不過是百姓進貢禮品的象徵罷了。鯉魚精化身靈感大王，就是啟發你，有沒有行賄的靈感，有了這靈感，你行賄送禮，我就為你辦事，你不捨得上貢，那就對不起，什麼也沒有你的份。鯉魚鯉魚，有禮才有餘，沒人送禮，還餘什麼，說白了，鯉魚就是禮。鯉魚精下凡，當然就是去為觀音菩薩收取禮物，這意思再明瞭不過。

悟空不知深淺，來到陳家莊就壞了觀音菩薩的好事，不僅斷了觀音菩薩的財路，壞了規矩，還威脅到觀音菩薩的地位，不被扔到水裡，那才是怪事。

通天河，顧名思義，就是一條通天的路，想過這條河，當然要上面有人，要想讓上面的人辦事，沒有禮怎麼能行得通。悟空不知不覺壞了觀音菩薩的好事，做為懲罰，他師父被扔到了水底，這就迫使悟空反過頭來還得去求觀音菩薩的人情。大水沖了龍王廟，觀音菩薩也不好挑明這事，只好賣個順水人情，不再刁難唐僧和悟空，放了他們一馬。

仔細琢磨事件的整個過程，也可能有另一種情況發生，那就是唐僧師徒也向觀音菩薩送了禮。那禮是觀音菩薩用小竹籃收取的，這樣唐僧師徒才得以順利通過通天河。如果是這一種情況，也不值得大驚小怪，下級給上級送禮，上下級受賄行賄，古已有之，人之常情。

官場腐敗，行賄受賄，歷來是社會一個老問題。吳承恩用了三個章回來寫這件事，考驗的是唐僧師徒處理人情世故的能力。即使一個修行求佛的人，也要懂人情世故，那樣才能化得來齋飯，求得來緣資，才能令佛主面前香火不斷，否則餓都餓死了，還修什麼佛。

顯象伏妖王：

危難時刻顯身手，該不出手就不出手

悟空愛管閒事，每次管閒事，一不小心就管到了他的頂頭上司觀音菩薩那裡。他用計盜紫金鈴時，就干擾到了觀音菩薩的正常工作。

悟空還有一個毛病就是愛炫耀，愛炫耀遇到愛管閒事，就成了無事忙。這一天，悟空跟隨師父來到朱紫國，按照常理來說，辦完護照，離開就是。可是悟空偏不，他沒事也要找件事來做。偏巧朱紫國國王重病，臥床不起，國內沒有大夫能治得了他的病，就貼出廣告，尋求名醫。悟空一看，炫耀自己的機會來了，便毛遂自薦，當真給國王問診把脈，看起了疑難雜症。不僅如此，他還表演了一下懸絲診脈，做足了噱頭。所謂的懸絲診脈，就是在病人的手腕上繫一根絲線，遠遠地扯到門外，大夫摸絲線就能知道病人的脈搏。在當今擁有祖傳祕方的老中醫也沒這本事，悟空這麼做，無非是故弄玄虛，炫耀自己的本事。

治好了國王的病，師徒四人收拾行李上路，也就沒事了。可是悟空聽說妖怪把王后搶去當押寨夫人，還沒送回來，便立刻誇下海口，非要滅了妖怪，幫國王奪回王后不可。這一大包大攬不要緊，

一下子又戳了觀音菩薩的馬蜂窩。

原來，妖怪是觀音菩薩的坐騎金毛犼，嚇病國王，搶走他的妻子做押寨夫人，是替觀音菩薩的上級，西方佛母孔雀大明王菩薩公報私仇而已。悟空這一攪局，讓觀音菩薩很擔心自己的坐騎吃虧，所以急忙趕來，制止了悟空，把金毛犼解救了回去。

一個國王怎麼會和佛界的菩薩結下梁子呢？說起來話就長了，這個國王當太子的時候，喜歡打獵，有一次射傷了兩隻孔雀。誰都知道孔雀是如來佛祖的娘家人，傷害了如來佛祖的親戚，後果可想而知，金毛犼就是為此事來報仇的。

觀音菩薩多聰明，她推說不知道此事，是她的坐騎金毛犼聽了孔雀大明王菩薩的敘述，記在了心裡，背著她，偷偷跑出來做的。她發現後，便急忙趕來調解，免得彼此產生什麼誤會，傷害了誰都不好。這讓悟空信以為真，於是不和那妖怪計較，救出王后交給了國王，贏得一片掌聲，增加了人氣，也就心滿意足地離開了朱紫國，繼續他的西遊之路。

這個故事裡，有兩個細節蠻有意思的。一個是悟空偷了妖怪的紫金鈴，想自己留下來，卻被觀音菩薩要了回去。另一個是那妖怪搶了王后，三年竟然沒有佔到王后什麼便宜，手碰到王后手疼，身碰到王后身疼。王后本來是一個平常的女人，怎麼突然就有了超常的防身術了呢？原來是一個叫張紫陽搞的怪。他擔心妖怪吃王后的豆腐，就把一件破蓑衣披在王后身上，誰碰王后，就會被破蓑衣的毒刺刺疼。這樣，王后過了三年的禁慾生活。

第一個細節，悟空常常會見財起意，喜歡佔點小便宜，觀音菩薩非常瞭解他，發現紫金鈴丟了，

就認定是他貪污，並用紀律處罰條例威脅悟空，才迫使他上繳貪污的財物。第二細節，反映了東方人的貞潔觀念，觀音菩薩可能也沒有考慮到這一細節，說明她的工作還是有漏洞的。觀音菩薩工作態度的一細一粗，暴露了她更看重自身利益的得失，而不大關注別人的利益是否受損。看來神仙也是自私的。

悟空誤打誤撞，瞭解了觀音菩薩和西方極樂世界的一些內幕，也使觀音菩薩對悟空心生幾分忌憚。這就為悟空提供了要賴的籌碼，使得觀音菩薩在以後的工作當中，對悟空也格外照顧，一再拉攏收買悟空，替自己遮掩過錯。

觀音菩薩縱容手下作惡，也不是第一次了。雖然她把自己打扮成救苦救難的公眾人物，但也擺脫不掉所有政客的普遍毛病，就是表面一套，背地裡一套。表面為公，時常作秀，大搞政績工程，撈取政治資本，背地裡卻幹著假公濟私，中飽私囊的事情，並且官官相護，徇私枉法，拼命維護自己的權力和地位。

補設八十一難：沒事不要找我，有事更不要找我

唐僧師徒西天取經，必須要經歷九九八十一難，才能功德圓滿，修成正果。這是佛門早已定下的規矩，多一個不行，少一個也不行。西天取經團隊求到經書打道回府的時候，已經經歷了八十難，觀音菩薩看完統計報告後，知道還少一難，不能算圓滿完成任務。於是就再次刁難了一下取經團隊，害得唐僧師徒又忙了一陣。觀音菩薩這種人為湊數的形式，多少有點教條死板，有違以人為本的人道主義精神。

西天取經這個事，是觀音菩薩一手策劃，並全面負責的，而唐僧師徒的取經團隊順利地取得經書，便騰雲駕霧、高奏凱歌一路返回，並沒有對她觀音菩薩有所表示，這有點不像話。

想到這裡，觀音菩薩立即安排手下，讓運送唐僧師徒的「專機」，半空中「拋錨」，把唐僧師徒扔在了通天河畔。那通天河是什麼地方？是通天的地方，也是觀音菩薩控制天上人間的上下通道。扔到這個河邊，意圖很明顯，就是讓唐僧師徒明白，要想順利完成任務，不買上級的帳是不行的。上級就是決定你命運的，說你行你就行，不行也行；說不行就不行，行也不行。拿到了經書就想

跑，連點謝意都沒有，這是對領袖的大不敬，如此傲慢無禮的下級，不教訓一下怎麼行？

唐僧師徒這次是被扔到了通天河的西岸，也就是說，要想順利回到東土大唐，還得想辦法渡過通天河。修行到了這個份上，除了通天河，別的障礙都已經不是障礙了。也就是說，只剩下如何處理上下級關係，如何把功勞歸於上級領袖這個問題了。過了這一關，一馬平川，前途無量，過不了這一關，前功盡棄，一切徒勞。可見無論何時何地，領袖都扼制著下屬的咽喉，把握著下屬的命脈，巴結不好領袖，想成什麼事都只是癡心妄想。

正當唐僧師徒四人坐在通天河西岸犯愁的時候，上次載他們過河的老龜出現了，這老龜本來就是觀音菩薩的手下，潛伏在通天河，負責為觀音菩薩引渡各種需要過河的人，說白了就是為觀音菩薩收禮受賄牽線搭橋的一個小頭目。上次唐僧師徒給觀音菩薩送了禮才過了通天河，老龜那時正被鯉魚精奪了官位，靠邊站，很失落，唐僧師徒幫助他恢復了職位，所以老龜那次也沒敢向唐僧師徒索要賄賂。不過卻求唐僧幫他辦一件事，向如來佛祖打聽打聽自己還得在下面熬多少年才能被提拔到中央政府裡工作，結果這事唐僧給忘了。現在唐僧師徒要過河，老龜正好可以打聽一下所托之事，所以很熱情地跑出來，願意渡他們過河。等到了河心，老龜迫不及待地打聽自己的事情，可是唐僧竟然把對自己來說這麼重要的事情給忘了，老龜一氣之下，便把唐僧師徒掀到了河裡。

師徒四人逃到岸上，經書早已經被水浸濕，只好攤在石頭上晾曬，結果有些書頁就被黏在了石頭上，揭不下來，導致經書殘缺不全。再次過了通天河，也就勉強通過了上級領袖這一關，這時候，他們就像那些揚名立萬的大明星一樣，可以接受粉絲們的捧場了。於是，他們在陳家莊大吃大喝，大肆炫耀了一番，才啟程返回東土大唐。

過了通天河這一關，唐僧的九九八十一難就算全部完成，觀音菩薩的領導任務也算結束。所以這一關，做為整個西天取經路上所經歷的最後一個考驗，如同上學時候的期末考試一樣，既考學生，也考老師。既檢驗一下唐僧師徒的整體工作能力、工作業績，也檢驗了一下觀音菩薩的領導水準和領導策略，曬經石就是他們繳上的答卷，結果還算完美，成績在九十九分左右。考試完畢，他們在陳家莊，也就是唐僧的本家，享受一下粉絲的熱捧，下一步就是各自覆命，公司解散，都回家過自己的好日子去。

觀音菩薩不愧是政壇高手，做事情滴水不漏，表面上看，通天河岸曬經僅僅是為了湊足唐僧的受難次數，完成當初的工作計畫，其實內裡大有玄機。第一，為什麼等取經隊伍取到經書返回的路上，才補這一難；第二，為什麼把最後一難選在通天河，而讓老龜來實施這一任務；第三，通天河岸的陳家莊到底與觀音菩薩有什麼關係，與唐僧有什麼關係，由此引出，唐僧與觀音菩薩什麼關係。很明顯，只有唐僧他們取到了經，才可以敲打他們，有功別忘了領袖。還要過通天河這一關，給領袖意思意思，才能讓領袖滿意，領袖點頭了，才能最後交差。陳家莊是唐僧的本家，也是觀音菩薩收取賄賂的地方，陳家莊向觀音菩薩行賄，其實就是唐僧向觀音菩薩行賄。可見，唐僧之所以能成為西遊團隊的執行長，完全是觀音菩薩一手策劃內定的，走的還是內部路線。

靈山覆命：
替百姓說話還是替老天說話

把唐僧師徒組成的西遊團隊帶到了如來佛祖的辦公地點靈山，觀音菩薩算是完成了當初接受的任務。她趁唐僧師徒選取經書的空檔，連忙向她的老上司如來佛祖彙報整個工作情況。那時候，觀音菩薩已為唐僧取經這件事，工作了五千零四十天，再差八天，合約期滿，請求如來佛祖八天之內，把唐僧師徒送回東土大唐長安，好讓自己順利完成合約，以便交差。如來佛祖答應她的請求，最後派四大金剛把唐僧師徒運回東土大唐，不用再靠雙腿步行回去。先進的交通運輸條件，徹底保證了觀音菩薩能夠按時完成任務。

回過頭來看觀音菩薩在整個西遊過程中的表現，可以看出，她是整本西遊裡最為關鍵的角色，是如來佛祖領導的極樂世界和唐僧為首的取經團隊之間的聯繫通道和紐帶，發揮著上傳下達，承上啟下的作用，是一個不可或缺的銜接性人物。

如果西遊團隊是如來佛祖的極樂世界投資的，那麼觀音菩薩就是資方委派的董事長，掌握著西遊團隊人事經營等生殺大權，決定著西遊公司的命脈。同時，西遊公司經營的好壞，也直接影響著她的政績，影響她的前程和未來，怪不得她會如此賣命、不遺餘力地為西遊公司解決各種難題，幫助西遊公司克服各種困難，直到順利取回經書，回歸東土大唐。原來她所做的這一切，不光是為了如來佛祖，天下眾生，西遊團隊的唐僧師徒，更是為了她自己。

從觀音菩薩的角色定位就可以看出，她是代表如來佛祖出來說話的，她所追求的利益是西方極樂世界的利益，她所有的言行也是為了維護如來佛祖的形象，力圖使如來佛祖代表的西方極樂世界的利益最大化。這是她努力協助西遊團隊實現經營目標的主觀動機，當然，在客觀上也為百姓們提供了精神援助。所謂普渡眾生脫離苦海，很大程度上是為人們找到一味自我安慰的良藥，一把精神依賴的躺椅，不至於讓人的精神無依無靠，茫然孤苦。

觀音菩薩是一個男人修行禮佛的引渡人，她當這個引渡人，可謂傾盡了心血。從一個孩子還在娘胎裡開始，她就開始勸說家長，讓孩子遁入空門，出生以後就把孩子領進佛門，既當孩子的禮佛啟蒙老師，又當孩子成長的監護人，化解矛盾，克服困難，克制慾望，禁受各種各樣的考驗，陪伴一生，直到修成正果。不管怎麼說，按照現代人的標準來看，觀音菩薩算是個好的引渡人。從接受任務來到長安物色人選，到組建團隊，一路跟隨，惹出了無數的麻煩，費了無數的周折。把握全局，遙控指揮，沒有一定的領導水準和能力，確實難以做到，何況她還是一個女人。

有的人會做事情，有的人會指導別人做事情。悟空不僅有老大的做派，還有韋小寶的心理素質。觀音菩薩遇到這樣一個難纏的下級，如何管理他，自然就成了一個頭疼的問題。

悟空很會做事，觀音菩薩又特別善於指導別人做事，這樣一來，兩人反而珠聯璧合。性如烈火的

悟空，遇到了綿裡藏針的觀音菩薩，就沒了脾氣，這不僅是因為觀音菩薩會唸緊箍咒，關鍵時刻能夠制約悟空，而是因為觀音菩薩具有包容性的性格，以及解決問題的能力和辦法。可以這麼說，是觀音菩薩的人格魅力征服了悟空，使他心甘情願地出力賣命。

對於悟空而言，除了觀音菩薩，幾乎沒有不被他嘲笑的對象，包括如來佛祖、玉帝和他的師父唐僧。這樣的一個人，卻從來沒有對觀音菩薩出言不恭。當他看到觀音菩薩沒有梳洗打扮的時候，要遠遠地迴避；當觀音菩薩讓他前面先行的時候，他說怕風吹起衣服不雅，不夠尊重。從這些小細節就可以看出，悟空從內心深處對觀音菩薩充滿了崇敬之意。同時，也只有觀音菩薩的話，悟空才會認真地聽，心服口服地聽。能處理好與這樣性格悟空的關係，從另一個側面也說明了觀音菩薩為人處事的能力，和不同尋常的人格魅力。

吳承恩塑造這麼一個無處不在的觀音菩薩形象，其實是為了顯示精神文化的強大力量，無處不在，無所不能，左右著一個人成長的方向和道路。觀音菩薩，就是社會精神文化力量的象徵。這種力量以一個慈祥的女人形象出現，以一個大慈大悲的菩薩形象出現，更能彰顯其無窮的魅力和源源不息的生命力，不僅具有吸引力和感染力，還更有說服力。

嫦娥玉照是我拍的

第三章

高老莊高臥豬八戒

——粗柳簸箕細柳斗，世上誰見男兒醜？

貶隱雲棧洞：嫦娥玉照是我拍的

豬八戒是《西遊記》裡最討人喜歡的人物，愛吃，愛睡，愛玩，愛女人，就是不愛幹活。這是典型的後現代新青年形象，超前、摩登、非主流。把八戒寫成這樣一個超潮流的角色，恰恰是吳承恩的另類之處。有另類導演就有另類演員，有另類師父就有另類徒弟，有另類生活自然就有另類青年。八戒的另類，恰好說明了《西遊記》的另類。

八戒就是一頭豬，當豬沒有什麼不好。當然，八戒可以不當豬，這怪不得別人，都怪他自己，選錯了娘胎。一般的人是沒有機會也沒有資格自己選擇娘胎的，只有八戒有這麼好的機會和條件，可惜太急於投胎轉世，太急於投入到火熱的現實生活中來了，沒有選準親娘，慌不擇路，一頭就栽進了母豬的肚子裡，最後只好是一副豬的尊榮出來見人了。

那麼，八戒為什麼慌慌張張鑽進一頭母豬的肚子裡，急於來到人世打秋風呢？原來，他在自己的工作上，製造了一起轟動天下的緋聞，醉酒後對居住月亮閣的嫦娥女士，進行了一次性騷擾。即是在嫦娥面前說了帶葷詞的話語，色瞇瞇的多盯了幾眼，或者是摸了幾下人家的手、臉、胸部，或

屁股，沒有其他實在行動。結果被狗仔隊曝光，弄得灰頭土臉，有損做為中央政府機關的整體形象，沒辦法，政府最高行政長官玉帝一聲令下，按照有關條例，將他斬首示眾。多虧太白金星心地善良，一再求情，才饒了死罪，直接發配到民間勞動改造去了。由此而知，八戒是做為一個囚犯到民間來服刑的，怪不得他羞成那樣，連母親是誰都顧不得看上一眼，就鑽進了肚子裡去，等到生出來，才發現自己一副豬頭豬臉，醜陋不堪，沒有了一點帥哥的風範。

弄成這個模樣，八戒後悔不迭，可是沒辦法，投胎不包換，人生沒有第二次，只好將就著過。長的醜不算錯，出來嚇人就不對，八戒深知這個道理，所以也羞於光天化日之下招搖過市，而是深藏在福棱山雲棧洞裡，不輕易離開半步。只有月朦朧鳥朦朧，內心像蒸籠的美好時光，八戒才會駕著一片烏雲，跑到高員外家的後院，約會自己的美嬌娘。那時候的八戒，可謂幸福得像花兒一樣。

八戒在高老莊的日子，過得悠哉悠哉，好不自在。他肯出力，能幹活，雖然吃的多點，但創造的效益也非常可觀。沒想到卻導致翁婿反目，高老頭鐵了心要驅逐八戒這個門婿的原因，主要是面子問題。一是八戒長得太醜，二是八戒是個單身漢，家裡沒有七大姑八大姨，沒有親戚可走動來往，不場面、沒地位，讓高老頭感覺在鄉里鄉親面前很沒面子。

玩水的人都知道，憋住氣才能浮上來。八戒的最大好處是能沉得住氣。他本來在政府裡的官職也不算低，相當於水利部長，管理著天河，能有機會參加王母娘娘的蟠桃宴，就能說明外表憨厚，內心堅韌的人，才適合做政治家。八戒被貶至高老莊，他一點也沒有為此著急，幹活種地吃飯，自得其樂，不再想什麼天上人間的事情。

八戒在高老莊的日子，正是新婚燕爾，貪戀床第之歡的時候，他把媳婦藏起來度蜜月，也是人之常情。

很多朋友可能想知道，吳承恩為什麼要把八戒寫成一頭豬。原來，八戒不過是一個人青年時代的化身，模樣變得粗陋，身體發育成熟，飯量大，有力氣，性格有點內向靦腆，剛娶了媳婦，不喜歡拋頭露面，貪玩貪睡，不務正業，像悟空那樣，充滿少年人活潑好動的天性。

吳承恩是明朝人，明朝是朱家的天下，朱元璋小名朱重八。豬八戒還是朱八戒，不可考，但有影射嫌疑。劉福通的紅巾軍失敗了，就像悟空被壓五指山下。八戒最後做了淨壇使者，天下的貢品都讓他享受，這不是明擺著諷刺朱元璋嗎？八戒又名豬悟能，就是朱無能，笑話朱元璋沒什麼能耐，白吃飯罷了。

智激美猴王：
東邊日出西邊雨，師父無情我有情

八戒的高老莊美夢被悟空給攪局以後，只好認唐僧為師父，乖乖地加入西遊團隊，跟著他去西天取經。八戒加入了正規軍，當然就不會像在高老莊那樣散漫自由，無拘無束了。紀律的約束，讓他有些不自在，好吃懶做的毛病，也讓他心生怨言，與團隊的磨合，看來還需要一段工夫，需要彼此經過配合協調，互相適應。

八戒與悟空分歧最嚴重的一次，就是對待三打白骨精這事的態度。雖然悟空打的是真妖精，可是他拿不出有力的證據，即便他拿出了一些饅頭是妖精用石頭變的、菜是妖精用蛤蟆變的之類的旁證，也被八戒認為是悟空使的障眼法，做出的偽證，不足採信。

本來師父對悟空行兇殺人就心懷不滿，八戒敲了這一邊鼓，讓唐僧更加認為自己有理，下定決心要把悟空驅逐出西遊團隊，趕回花果山老家。這一矛盾的後果，顯然是超乎尋常的嚴重。沒了悟空的西遊團隊，就如同失去牧人保護的羊群，立刻陷入了惡狼的包圍之中。

沒有悟空的西遊團隊，沒走多遠就陷入了困境，他們在黑松林遇到了妖怪，八戒被騙，唐僧被變成老虎，沙僧被活捉，白龍馬被擊傷。整個西遊團隊到了崩潰的邊緣，難怪八戒要分行李，散夥回家。嚴峻的現實，讓親自出戰的白龍馬有了清醒的認識，他知道不請回悟空，他們是邁不過這道關卡。於是他耐心地說服了八戒，讓他務必到花果山去，無論如何也要請回悟空，這才有了八戒智激美猴王的傳說。

這個故事裡面有一個非常有意思的問題，需要澄清，那就是唐僧為什麼鐵了心非要趕走悟空不可，他內心的真實想法是什麼？關於這個問題的答案，也是八戒能否請回悟空的關鍵。

三打白骨精的時候，西遊團隊組建不久，各種關係還沒有理順，各個成員也還沒有搞清自己的地位，沒有找準自己的位置，尤其是悟空和唐僧，還無法妥善處理彼此的關係。悟空心裡看不起唐僧，沒把他當回事，這讓唐僧很惱火。

三打白骨精這件事，八戒當然對悟空也不滿意，那麼漂亮的女子就讓他一棍子打死了，多可惜啊！就算妖怪是真的，除妖這麼大的事，也應該讓他參與一下，功勞都讓他一人撈了去，還趾高氣揚的，不令人討厭才怪。這種心理作用下，八戒毫不猶豫地落井下石了。

可是沒有了悟空，師父立刻變成了老虎，這讓八戒、沙僧、白龍馬兄弟三人吃盡了苦頭，一個被騙，一個被活捉，一個被打傷，如果不請回悟空來救師父，他們的苦日子還在後頭等著呢。

八戒心裡當然不願意悟空回來，沒了悟空，他就是老大，就有表現的機會。但自己的本事還沒有達到獨當一面的水準，理智告訴他，不請回悟空，他也得玩完。

當他來到花果山，悟空卻故意裝作不認識，這時候他說出了一句驚世駭俗的大實話，你不認得

我，還不認得這張嘴嗎？先突出了自己的嘴臉。八戒喜歡習慣性地虛張聲勢，但他知道，這招對悟空不管用。別看八戒被大家稱作呆子，但他腦袋裡可不呆，裡面的花點子有的是。他知道如果直接請悟空，肯定請不來，於是靈機一動，想出了一個高招。

他先是示弱，說自己打不過妖怪，進而說妖怪本事很大，激起悟空心中的不服氣。接著順坡下驢，故意渲染妖怪聽到悟空的大名，如何不以為然，如何侮辱痛罵悟空本事不濟。這下真的就激起了悟空的好勝心，迫不及待地跟著八戒回去與妖精比試一下高低。

智激美猴王這件事，從另一個角度深刻揭示出，以唐僧為首的西遊團隊內部的矛盾。領袖與手下的上下級矛盾如果解決不好，那麼整個隊伍就會四分五裂，西遊取經就會變成一句空話。經過這次事件，悟空的傲氣開始收斂，八戒的嫉妒心也開始減弱，知道自己的本事還不足以撼動悟空的地位，明白了該把自己擺在什麼樣的位置上。

四聖試禪心：坐懷不亂？你不亂我亂

觀音菩薩經過多方努力，幫助唐僧招聘了四個手下，流沙河降服了沙僧後，西遊取經團隊組隊工作正式完成。班子組建完畢，還不知道人員搭配是否合理，也還不清楚每個人是否適合自己的崗位，團隊是否能發揮出很好的集體力量。於是，西遊團隊的上級領袖們，便決定對這個新成立的團隊進行一次考察，全面評估一下這個集體的工作態度和工作能力。

領袖們考察下級，當然不能大張旗鼓，提前通知，要冷不防來個突然襲擊，透過祕密管道，神不知鬼不覺地考驗一下每個成員。於是，四位領袖化妝打扮成母女四人，在松樹林玩了個美人計，看看能不能蠱惑唐僧師徒四人的心。

她們選了一片松樹林，弄上青堂瓦舍，豪宅大院的佈景道具，一個大領袖化裝成中年婦女，名叫莫賈氏，三個下屬化妝成中年婦女的三個女兒真真、愛愛、憐憐，四個人拉開架勢開始大張旗鼓地招親納婿。

這次考試，重點是考察唐僧和八戒。悟空和沙僧對招親做婿、洞房花燭這事，壓根不感興趣，唐僧也很快過了關，只剩下八戒唱獨角戲了。八戒聽說有這樣的好事，早就坐不住了，巴不得立刻鑽

進洞房。當師父問他是否願意留下招贅做女婿的時候，他不好意思直接說行，只是說，大家商量，從長計議。

唐僧拒絕了招親，八戒老大不樂意，於是藉故出門放馬溜了出去。他一是想散散心中的鬱悶，二是看看能不能尋找機會，撇開師父他們，為自己謀一個晉身為婿的機會。果然，他牽馬來到莫家大院後門時，好像知道他會來似的，莫老太太正領著三個如花似玉的女兒候著他。八戒開口就叫莫老太太為娘，並且說自己能夠做主，願意上門做婿。於是雙方商量個選婿的方案和程序。隨後，八戒高興地返回，等待選婿大戲開始。

八戒的心思，悟空早就猜到了。他把八戒的行為向師父彙報，可是師父還是半信半疑，等到八戒回來一問，果然如此。於是大家一致推舉八戒留下來，做莫家莊的養老女婿。

莫老太有三個女兒，至於哪個女兒能看上八戒，願意嫁給他，就得靠他自己的運氣了。按照莫老太太的設計和安排，她先為八戒蒙上蓋頭，然後請三個女兒都出來，讓八戒自己摸，摸到哪個，抱住哪個，哪個就嫁給他。八戒一陣摸的暈頭轉向，莫老太的女兒一個個卻都像泥鰍一樣狡猾，令他根本摸不著，只碰得灰頭土臉，鼻青臉腫。

最後八戒急了，揭下蓋頭對莫老太太說，三個女兒都沒看上我，乾脆妳嫁給我算了。如此大膽的言行，把莫老太太也逗樂了，於是又想了個招數，對八戒說，我三個女兒每人做了一件小背心，你穿上哪件合適，哪個女兒就嫁給你。八戒一聽當場同意，就說把三件都給我吧，如果都合適的話，就把她們全嫁給我。沒想到他剛穿上一件背心，背心立刻就變成了繩索，把他捆了個結結實實，然後被吊在一棵老松樹上。莫老太和她的三個女兒，以及那些豪宅大院，瞬間化為烏有，八戒在樹上被吊了一夜，原來這一切都是一場春夢。

這一場大戲，悟空早已看到了真相，只是沒有說破，顯然，觀音菩薩們瞭解悟空的本事，她們的本意也並非要考察他，而是重點考察唐僧和八戒。

看得出來，這是一場對西遊團隊的色情考驗。吳承恩安排這一場戲，好像在告訴人們，做為出家人，色戒是最難的一戒。但如果我們換一個角度去挖掘，就會覺得事情沒有這麼簡單。

古時以豬象徵色慾，後又象徵貪慾。俗話說「色」字頭上一把刀，八戒從原來的天蓬元帥落魄到今天的「野豬精」，就是因為他的「色」。如果單把這個「色」理解成色狼，流氓之徒的「色」，那就太膚淺了。此次八戒的「高老莊情結」重新萌動，義無反顧地選擇了「入贅」。可是夢醒之後，卻發現這是菩薩們精心設計的「色情陷阱」。其實，食色是人類的本性，八戒所謂的貪色，在人性角度上來看，是感情的自然流露。

八戒既然是一個人的青年時代化身，那麼青春期的騷動必不可少，男歡女愛是自然而然的需求，沒什麼值得大驚小怪的。而且八戒本來就娶過媳婦，嚐過男女生活的滋味，他有如此的表現，一點不足為奇。最有意思的是，莫老太太和她的三個女兒，來歷也非同一般。莫老太太叫莫賈氏，意思沒有不假的。三個女兒真真愛愛憐憐，真愛憐，這都是人與生俱來的感情，做為出家人，卻偏偏說是假的，然後讓八戒完全得不到這些基本情感，這對一個青春期激情四射的青年人來說，簡直就是一種痛苦的折磨。

耍賴分行李：大不了回高老莊做尼特族

八戒是西遊團隊裡，態度最消極，也是最懶惰的一個員工。所有的不滿和牢騷，都是透過他的口宣洩出來的。

其實八戒身上的所有毛病，都是一個青年人性情的集中表現。貪吃、懶惰、牢騷滿腹的樣子，這也看不慣，那也有情緒，尤其對待工作和事業，更容易蒙混過關。在他們眼裡，那些所謂宏圖大業，離自己太遠，和自己一點關係也沒有，成與不成，都是中老年人的事情，自己不用去操那份閒心。正是青年人的這種心態，才導致了八戒動輒就要分行李散夥的言行和舉動。

八戒曾多次揚言要分行李散夥，各回各家。每次遇到困難，他先想到的就是這件事。在黑松林，師父被變成一隻老虎，八戒要與白龍馬分行李；平頂山師父遇險，他也要與眾師兄弟分行李；身陷女兒國，火焰山遇阻，他都要分行李。也就是說，只要遇到他認為克服不了的困難，他就建議大家及早散夥，別受這個罪。

八戒為什麼對西天取經的前途如此悲觀？青年時代正是人的各種慾望和情感最旺盛的時期，興趣

也最為廣泛，對未來充滿了憧憬，但又最不切實際，不願對艱苦的工作付出努力。西遊取經這事，對八戒來說，並非自願，而是為了自我救贖，迫不得已的勞動改造。自從來到人間，雖然變成了一頭醜陋不堪的豬，但他卻喜歡上了塵世生活，迷戀紅塵簡單、自在，又充滿快樂的日子，對成神成仙，早已不感興趣。

他是從天上墮落到地上的，加上天性懶惰散漫，對天庭裡謹小慎微的生活很厭倦，用透過西天取經來成仙成佛，重返天庭的目標來激勵他，已經不起作用了。年輕人對自己內心的理想追求，有著堅定的想法，對那些不是出自內心所願的事情，往往很挑剔，缺乏中年人的理性和韌勁。這樣看來，對於西天取經這件事，八戒並沒有太大的熱情，難怪他消極懈怠，應付了事。

對於捉妖降魔這樣的工作，八戒更是不感興趣。所謂的妖魔，不過是工作上遇到的各種困難而已，八戒已經沒有悟空那種爭強好勝的勁頭，在他眼裡，天大地大，不如吃喝拉撒，爹親娘親，不如女人親。孩子哭了交給娘，有了困難領袖扛。他才不願意勞神費力，做那些出力不討好的事情。

在整個西遊團隊中，八戒的地位也很尷尬，不上不下，不輕不重，就是個出力的角色，好事輪不到他，壞事又跑不了他。這樣的處境，多多少少也打擊了八戒的工作積極性。一般來說，在一個團隊裡，員工做工，小頭兒做事，大頭兒做市，大老闆做勢。做勢的工作，觀音菩薩做了；做市的任務，有師父操心；具體做事情，有悟空頂著；輪到八戒，也就是些雜活瑣事了，他和沙僧只有出力做工的份。他不像沙僧，人到中年萬事休，沒什麼不切實際的幻想，只要做好本職工作，給口飯吃就任勞任怨了。他還有一顆青年人不安分的心，還有很多慾望和想法。這樣出苦力的活，多少讓他

心有不甘，牢騷抱怨自然就在所難免，遇到困難便打退堂鼓，也是人之常情。

散夥就散夥，對八戒來說，也不是什麼大不了的事情。因為在他的心裡，自己還有退路，起碼可以跑回高老莊，做他的尼特族，享受幸福的日子。雖然對散夥不以為然，但他對行李卻耿耿於懷，念念不忘，提起散夥，最先想到的就是分行李。悟空兩次被逐，每次拔腿就走人，從來沒有想過要分點資產，撈點好處。八戒愛佔小便宜，貪圖點物質利益，這與他所處的年齡階段很相符，年輕人追求一點物質享受，無可厚非，西遊公司好歹也是一個效益不錯的公司，多少分一些，也夠他八戒吃上半輩子了。

想起在高老莊的日子，八戒也有自己難言之隱。他是單身漢，除了一把力氣，身無分文，這讓高員外很瞧不上眼。他只要有了錢財，再回高老莊去做養老女婿，就有了說話的資本。高老莊受的窩囊氣，一直讓八戒不能釋懷，如何發一筆財帶回去，讓高員外瞧得起他，可以算埋藏在他心底的一塊心病。在這種心理的驅使下，八戒對散夥分行李這事，還是充滿了期待，他巴不得西遊公司早點倒閉散夥。

化齋酣眠：睡眠是一門藝術，不要阻擋我追求藝術的腳步

八戒貪睡，有機會就睡上一覺，幾乎成了他的標準動作，也使他因此一睡成名。有句名言說得好，難言之隱，一睡了之。天大的愁事，睡上一覺，醒來就煙消雲散了。八戒肚大心大，什麼事都想得開，自然就睡得香了。

八戒最有名的一睡，發生在悟空第一次被趕出取經團隊，只好由他去化齋的時候。趕走了悟空，像逢山開路、化齋討飯這樣的工作，自然就落到了八戒的身上。化齋看似簡單，其實一點也不容易，最難逾越的就是心理關，尤其是血氣方剛的青年人，臉皮薄，愛面子，跟人討吃的，總是抹不開臉，覺得是個很丟人的事情。在國人的傳統裡，要飯的人被稱作叫花子，能自食其力，吃到飯的人，是不會去要飯的，特別是身強體壯的年輕人，如果要飯吃的話，會被人當成好吃懶做的小混混，常常會吃閉門羹。八戒雖然有這樣的心思，但表面必須要裝作積極的樣子，辭了悟空，這業務經理的頭銜就落到他的頭上，不好好表現一下，當然說不過去。

悟空離開了，西遊團隊繼續前進，到了開飯時間，化齋的任務非八戒莫屬。在其位就要謀其政，

補了悟空的空缺，就得去做悟空做的工作。聽到唐僧師父讓他化齋的命令，八戒自覺地接過飯缽，信心十足地表態說，「師父你在這裡好好歇著，我老豬『鑽冰取火尋齋至，壓雪求油化飯來』。」言辭激昂，高調出擊，大有「風蕭蕭兮易水寒，壯士一去不復還」的氣概。

這樣的表現，一點不足為奇，八戒一向喜歡習慣性虛張聲勢，真的出了門，立刻就傻眼了。他捧著食缽，走了十幾里路，連個殘牆瓦片也沒看見，更別說找個人家討飯吃了。八戒心裡很不服氣，「悟空出門化齋，總是輕輕鬆鬆搞定，輪到我老豬了，怎麼就連個人影也找不到呢？真是老天不公，好事總是輪不到我老豬身上。」他一邊氣哼哼地瞎琢磨，一邊懶得工作了，開始打退堂鼓。

但是回去也不好交差，第一次出門辦事，就無法完成任務，面子上無光。如果現在回去，沒人相信他盡心盡力，事情辦不成，還落個藏奸耍滑的惡名，不如再拖延一會兒時間，給人留下一個「不是不努力，實在沒辦法」的印象。

在這樣的小細節上，八戒還是非常聰明的，他想，與其早回去落下不是，不如先睡上一覺，拖些時間，到時候沒功勞也有苦勞，師父也就說不出什麼了。想到這裡，他找了一處能夠遮陽的地方，倒頭便睡。

八戒這裡睡得香，師父那裡卻著了急。他的意思也很明確，化不來齋也就算了，還是先找個睡覺的地方吧。左等右等八戒不回來，唐僧只好派沙僧去尋找，這一找不要緊，直接把唐僧送到了妖怪手裡。

青年人貪睡，這不是什麼大不了的事情。可是八戒這一睡，恰恰睡到節骨眼上了。悟空被開除，留下的空缺自然由八戒頂替，工作給了八戒，當然不能再找他人。吃飽肚子是一切行動的基礎，看似不起眼的工作，責任卻重大，八戒不去討飯，卻躲在路邊睡大覺，可見八戒的工作態度和責任心是多麼的消極。

吳承恩在關鍵時刻安排八戒呼呼大睡，一方面是為了突出八戒的懶惰和散漫，另一方面也是為了反襯悟空對西遊團隊的重要性。不僅吃不到飯，而且還時時刻刻面臨被妖怪捉去的風險。

透過化齋不成這件事，讓八戒認識到了，不當家不知柴米貴，不養兒不知父母恩。齋飯有處化，公道卻沒處化。這件事多少令八戒理解了悟空的能力和工作的辛苦，為他轉變態度，最後下決心請悟空回來，打下了良好的心理基礎。

在整個西遊團隊裡，八戒是最不把工作當回事的人。化不來齋要睡上一覺，打不過妖怪也要睡上一覺，在他眼裡，事情再大，也不如睡覺舒服。懶人自有懶福，八戒這樣的人生態度，反而令他在西遊團隊裡混得如魚得水，悠哉悠哉，好事落不下，壞事找不著。

荊棘嶺戕花：最酸的感覺不是吃醋，是沒權吃醋

古代風雅之士，都喜歡清談，尤其是那些孤傲清高的隱士，寄情山水，遠離紅塵，整日談玄論道，吟風弄月，自以為高雅脫俗。唐僧當然也有這份心境，所以在荊棘嶺，也玩了一把高雅，風花雪月，名伶歌伎，一展浪漫情懷。

古有魏晉風骨的說法，某種程度上說的是某些文人墨客比較另類的行事風格，特別是那些有學問的知識分子，把消極避世，落拓不羈，放浪形骸當成時髦，把吟詩作對，夜宴狎妓當成高雅，這種習氣，自然也影響到了唐僧師徒們的取經團隊。我猜想當時的荊棘嶺，就是一個上流社會俱樂部，藝妓名伶走秀的紅燈區。談笑皆鴻儒，往來無白丁，有點身分地位的人，可能常常來此休閒娛樂。

木仙庵裡的幾位隱士名流，邀請唐僧來閒聊，不過是因為仰慕唐僧的大名，附庸風雅，想成全一段風流佳話。雙方在談禪論道上，還很投機，有點相見恨晚的知己味道，至於讓杏仙出場，完全是為了助興取樂。

清新飄逸的杏仙在和唐僧相互賦詩一首之後，便毫不意外地愛上了他。面對佳人的請求，唐僧居然說：「汝等皆是一類邪物，這般誘我！當時只以砥礪之言，談玄談道可也；如今怎麼以美人局來騙害貧僧，是何道理！」在拉拉扯扯之際，悟空八戒等兄弟即時解圍，害得荊棘嶺的名士藝妓們，風流不成，卻白白地賠上了性命。

回過頭來看，唐僧在荊棘嶺徹夜笙歌了一場，倒也沒什麼奇怪的，最有意思的是八戒對這事的立場和態度。他聽說師父和一群高雅脫俗的名流們清談了一晚上，還有美女明星助陣，不由得醋意氾濫，一陣釘耙，就把那些名流雅士化身的松柏檜竹、丹楓臘梅以及出牆的紅杏，弄得根斷枝殘，葉敗花枯，徹底斷送了風雅一脈。

荊棘嶺的藤精樹怪，似乎是《西遊記》裡面最「文雅」的妖怪。唐僧在更多的時候，像是戴著一個「假正經」的面具，或者只是一個「取經人」的形象，此次他在和這些妖怪談詩是全書中少有的表露「真性情」的一刻。他繼承了自己親爹的文學基因，如果不當和尚，說不定還是一個不錯的文學青年。

唐僧這樣的表現，除了有悖於出家人的紀律要求外，做為一個世外高人來說，也沒什麼出格的地方，但最令人不解的是八戒的行為。荊棘嶺的樹妖們本無害人之心，按照西遊團隊的行事風格，尤其是唐僧愛惜生命的一貫主張，他們本不應該對荊棘嶺的花花草草痛下殺手。可是這一次，八戒沒有一點憐香惜玉的風度，而唐僧也態度曖昧、模棱兩可，並未大力阻止，確實耐人尋味。這次行動總給人一反常態的感覺，不知道吳承恩葫蘆裡賣的什麼藥。

唐僧師徒西天取經路上遇到的妖怪，大多是想吃塊唐僧的肉，以求長生不老，唯獨荊棘嶺的妖怪

沒有這樣的貪心。他們好像並不關心肉體是否長生不老，追求的是靈魂的超凡脫俗，除了與植物本性有關外，還與隱士心性有關：蔑視世俗，看不起肉體凡胎，看不起功名利祿，縱情山水，天人合一。

八戒這樣的年輕人，血氣方剛，放蕩不羈，原也不在乎這些儒雅之事，從內心裡也看不起隱士那種縮頭烏龜的行為，所以對那些松竹梅柏之類的植物大打出手。很顯然，吳承恩對隱士名流的人生態度非常反感，他藉助八戒的釘耙，企圖把這種所謂的儒雅韻事，徹底清盤。

如果其他的妖精對唐僧進行肉體的爭奪，那麼荊棘嶺的這幾位妖精出現，就是對唐僧靈魂的考驗。可是做為出家人，連吟風弄月的一點雅興也不能有，這就有些太不人道了。

整本《西遊記》，都是表現一個人想成為得道高僧，靈與肉的矛盾和掙扎。八戒是一個人肉慾的化身，在他的眼裡，靈魂並不重要，能夠克服肉慾，就是最大的難題。食色性也，八戒第一關是吃，第二關是男女之事，至於什麼高雅風流，不在他的考慮範圍。以致於像他這麼一個整天想女人的角色，對於名伶藝妓，也毫無憐惜之意。除了自知那些名伶藝妓看不上自己，也反應了人們一種普遍的吃不著葡萄就說葡萄酸的心理。自古風流惹人妒，這話說的一點不假。

盤絲洞迷情：哪個少年不多情

八戒渾水摸魚，混進盤絲洞女妖精洗澡隊伍，並且調戲女妖精，是《西遊記》裡非常吸引目光的一節。哪裡有緋聞，哪裡就有人氣，這樣的偷窺加性騷擾的大戲，想不火爆都不行。

事情的起因是這樣的：西遊團隊裡，化齋一向由悟空來做，一天，唐僧看到路邊不遠處有一座優雅的莊園，突然來了興致，非要自己親自化一次齋不可，以示以身作則，體恤下情之意。悟空和八戒知道師父的臭脾氣，拗不過他，只好任由他自己去化齋。結果唐僧有去無回，進了莊園就被捆了個結結實實。原來那莊園就是盤絲洞，裡面住著七個蜘蛛精，號稱七仙姑，她們對唐僧肉也非常感興趣。

悟空看到師父遲遲沒有回來，不敢貿然行事，急忙找來當地的土地神來瞭解情況，在摸清了妖精的底細和生活習慣後，悟空決定變成蒼蠅，跟蹤潛伏，在妖精去泡溫泉澡的時候，見機行事。悟空很講究好男不和女鬥，看到七個水蔥般青嫩的少女在溫泉裡戲水，他當然下不了手，只好偷了七個女孩的衣服，讓她們不敢輕易出來，於是趁機去救師父。悟空這樣想的，也是這樣做的，當他偷了

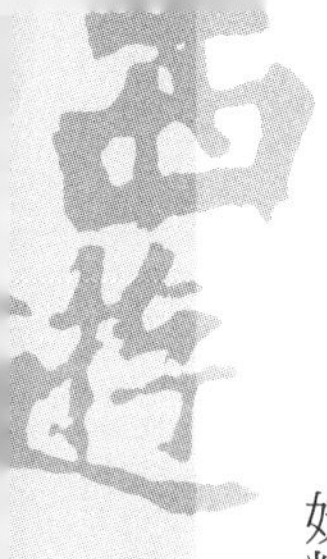

七個女孩的衣服，跑回去跟八戒講了自己的打算後，卻沒想到被八戒一陣笑話，笑他是婦人之仁，不知道斬草除根的古訓。

聽說有七個仙女般的女妖精，八戒頓時來了興致。本來，按悟空的意思，搶了蜘蛛精的衣服，讓她們在水裡不敢出來，然後救出師父，趕路就可以。可是八戒不同意，他非要堅持先滅了妖精，再去救師父，說什麼寧少路邊錢，莫少路邊拳，不能留下禍根，結下冤仇。既然大師兄害怕汙了自己的棍子，不願意打殺妖精，那我就親自出馬。

八戒很黃很暴力，他開心地跑進濯垢泉，看到七個女妖精曼妙的青春胴體在泡溫泉澡，心中的激動就別提了。他先用語言挑逗，說如此溫馨浪漫的時光，也讓我一起泡泡溫泉吧！

沒想到妖精們非常講究婦道，愛護自己的貞操，憤怒地反駁道，「七年男女不同席，我們是在家的女流，怎麼會和你這個臭男人在一個池子裡洗澡呢？」八戒可不理會這些，不管三七二十一，就把自己脫了個精光，跳進溫泉裡，變成一條鯰魚，專門在女妖精的兩腿間鑽來鑽去，揩油吃豆腐，耍了一會流氓，才跳上岸，抄起釘耙，要滅了這群妖精。

女妖精被惹火了，也顧不得赤身裸體，擔心走光了，紛紛跳到岸上，腆著雪白的肚子，紛紛從肚臍眼裡吐出絲來，把八戒捆了結結實實，然後一擁而上，把八戒打了一頓。

滅妖精不成，反被妖精打了一頓，除了吃點豆腐，什麼好處沒得到，八戒主動出擊又砸了，確實夠糗的，只好回來向悟空訴苦。沒辦法之下，悟空只好親自出面了。這次攻打妖精，悟空先破壞了妖精吐出來的絲，然後讓八戒去挑戰，結果八戒又被那些妖精的乾兒子，蜜蜂馬蜂等小蟲子，蟄了個鼻青臉腫，多虧悟空為他解了圍。

原本，這次營救唐僧師父，用不著如此麻煩，都是因為八戒好色，才惹出一連串的禍事。仔細琢磨八戒的想法，他想先圖個痛快，再除妖救師，沒想到假公濟私，落得如此下場，真是活該。

唐僧師徒這次遇到的妖精是蜘蛛精和她們的乾兒子，都是一些小昆蟲，他們野心沒有那麼大，是唐僧主動送上門來的，想不吃也不好意思。這些妖精還算恪守婦道，就算後來跑到她們的師兄那裡，也是躲在後院裡做針線，繡女紅，表明這些女孩都是弱勢群體，並非兇殘之徒。

這次考試，重點是為八戒安排的，懷春的八戒，被一群天真爛漫的女孩子纏綿的情絲，捆了個結結實實，雖然吃到了豆腐，也吃了不少苦頭。但那些女孩子只是教訓了一下他的流氓行為，並沒有想要了他的小命。可是他做為出家人，不但禁不住青春女孩胴體的誘惑，而且強姦未遂，頓起殺心，這可是佛門的大忌。那麼，好色的八戒為什麼要殺死這些女妖呢？因為這些女妖不是芸芸眾生，而是眾生的心魔，即眾生在修行中的心魔，心魔必須降伏，才能到達靈山。

八戒在西行路上，是一個自我修練的歷程。他最大的毛病是好色，心魔就是色魔。說到底，這些女妖怪就是他自己，即豬八戒的色魔。消除了色魔，就是消除了心魔。因此，豬八戒到靈山的歷程，是一個消除色魔的過程，也是一個消滅美女的過程。美女妖怪遇到豬八戒，只能自認倒楣了。

納錦背心貼心捆：猴哥快來救我

八戒雖然對悟空有些嫉妒和不服氣，但從內心裡還是非常依賴悟空，並常常以悟空為驕傲，動輒就會抬出悟空嚇唬人。

《西遊記》的第五十回，寫的是西遊團隊因為佔小便宜而吃大虧，進而招來麻煩的故事。其實人人都有佔小便宜的心理，悟空和八戒也不例外。

話說這一天，唐僧師徒幾人，正走在西天取經的路上，一行人又餓又冷。唐僧遠遠看見一處富麗堂皇的古建築，亭臺樓閣，甚是壯觀，便想過去走走關係，讓人家招待一下，混頓飽飯，再免費休息休息。悟空憑多年的經驗判斷，那裡不是匪窩就是惡宅，肯定不是好地方，於是勸阻師父不要去，他讓師父原地休息，自己去化齋。臨走時，他畫了個圈，讓師父他們不要出圈，其實就是畫地為牢。

悟空去化齋，跑了很遠的路，遇到一家人正在蒸飯。當家的老頭看他不像好人，說自己一家人還不夠吃，哪有多餘的飯給他，讓悟空吃了閉門羹。這時候，悟空有了佔小便宜的心理，他潛入老人家的廚房，偷了一盆米飯，便跑了回去。

花開兩朵，各表一枝，悟空在這邊偷飯，師父那邊也出了閃失。唐僧久等悟空化齋不回，不禁有些急躁，八戒也埋怨說，「大師兄化什麼齋，不知道跑哪裡玩耍去了，卻讓我們在這裡坐牢。」接著他建議不要躲在這個圈子裡受罪，不如邊趕路邊等悟空。

唐僧師父聽了八戒的話，覺得有道理，就帶領八戒和沙僧跳出了圈子，走向那個有亭臺樓閣的豪宅大院。八戒最先闖進了院子裡，發現是一座空宅，床上還有一具骷髏，不禁心生感慨，抒情了一番。後來跑到裡間，發現了三件納錦背心，認為反正家裡沒人，不拿白不拿，天冷了，正好可以穿在身上防寒，想到這裡，他忙不迭抱著三件背心跑了出來，讓師父看，於是上演了一場師徒辯論賽。

八戒主張不穿白不穿，師父卻認為，公開地拿和私下裡偷，都是偷盜的行為，出家人不能這麼愛佔小便宜，這背心穿不得，命令八戒送回去。八戒反駁說，「天知地知你知我知，我們不說出去，誰知道呢？」師父再次批駁說，「暗室虧心，神目如電。人雖然不知道，老天怎麼會不知道呢？還是趕快送回去吧。」八戒哪裡肯聽，說你不穿我穿，說完自己穿上了一件。沙僧看見八戒穿了，也覺得反正沒有主人，相當於撿來的東西，自己穿穿也無妨，何況天這麼冷。

結果真如唐僧所言，報應立刻來到眼前，八戒和沙僧穿上背心就脫不下來了。還沒等把身子捂熱，背心就變成了繩子，五花大綁，把兩人捆了個結結實實。他們這才知道，納錦背心原來是捕獸的套子，捉鳥的籠子。一轉眼工夫，師徒幾人成了階下囚。本來，這個圈套並非是妖怪專門為八戒

等人預備的，而是守株待兔，設下圈套捕獵那些愛貪小便宜的路人，正巧被八戒撞上了，順便把唐僧也捉住了，正好吃唐僧肉。

八戒被捉住，又表現出了他一貫的虛張聲勢，他搬出悟空的大名，叫囂悟空是他的哥們，以此來嚇唬妖怪。妖怪聽了悟空的大名，心裡還真得有點膽怯，沒敢立即吃了唐僧，而是想先會會悟空，摸摸悟空的底，再決定吃不吃。這一暫緩，就救了唐僧師徒三人的命。

說起人們愛佔小便宜的心理，古今都一樣。放在當今社會，那些騙子之所以會屢屢得手，也是利用人們愛佔小便宜的心理。八戒是一個俗人，俗得不能再俗，放著便宜不佔，那比殺了他還讓他難受。既然八戒是一個人青年時代的縮影，肉體世俗之歡的化身，那麼一個俗人身上的毛病，他自然也不會少。在他看來，只要沒有人看見，不被人逮住，那麼所有見到的東西自己都有份，理所當然歸自己所有。

人們的這種普遍心理，才導致家家關門閉戶，圈好自己財產，如果家中無人，就要關門落鎖，以示財產有主，入門為竊。吳承恩寫這一故事，不外乎告訴人們，要想成為得道高僧，必須克制自己佔小便宜的心理，這樣才能修成正果。

女兒國受孕：哥懷的不是孩子，是寂寞

吳承恩稱呼八戒為木母，一點沒錯，看來八戒就是一個女人，證據就是他能懷孕。僅這一點，除了女人，還真沒聽說哪個男人能夠做到。

很奇怪世上竟然有女兒國，舉國都是女人，沒有一個男人。既然沒有男人，那麼傳宗接代就得另想高招，不能按老思路舊想法去解決這個問題。那麼女兒國的女士們是如何克服這個有違生物進化論的天大難題的呢？辦法說來非常簡單，條件也不苛刻，只要是年滿二十歲的人，喝一碗子母河水，立刻就可以珠胎暗結。三天後到迎陽館驛門外的照胎泉照一照，只要照出兩個人影，就能生出孩子來。

女兒國都是女人，生個孩子自然沒什麼問題，而這次懷孕的，卻是兩個男人——唐僧和八戒，這就成了天下奇聞。唐僧師徒四人來到女兒國時，正是春暖花開的春季，良辰美景，令他們心花怒放，在渡子母河時，唐僧口渴，便喝了一瓢子母河的水。這樣的好事，八戒當然不能錯過，他也跟著喝了一瓢，結果師徒兩人沒費吹灰之力，都懷了孩子。常言道，十月懷胎，而人家女兒國這事就

簡單多了，女人的孕期非常短，只需要三天，嬰兒就出世了。

唐僧和八戒懷了孕，除了等待孩子生下來，就沒有別的辦法解決了嗎？例如流產、墮胎等。當然有，女兒國這一切生育措施，都是配套的，有子母河、照胎泉，也有破兒洞和落胎泉與之遙相呼應。也就是說，喝了破兒洞落胎泉的水，胎兒就會自動化解。這樣一來，要想解開唐僧和八戒的難題，只要去取落胎泉的水即可。然而落胎泉的水，可不是輕易就能取來的。那口泉被一個很會做買賣的人圈佔了起來，誰要想墮胎，就要上禮納貢，花錢買才行。唐僧師徒都是窮光蛋，哪有錢來支付這巨額的醫療費，況且，即便有錢，也不捨得掏出來。既然沒錢，問題還得解決，怎麼辦呢？還是老辦法，文的不行來武的，一個字，搶！這是悟空的強項，也是他慣用的伎倆。

真是冤家路窄，經營落胎泉的老闆不是別人，是悟空的結義大哥牛魔王的親弟弟，名叫如意真仙。這老仙早就因為悟空迫害他的侄子紅孩兒氣憤不已，如今悟空送上門來討水，而且不想支付任何費用，這不明擺著欺負人？

悟空本來就是有求於人家，再加上紅孩兒的事，多少有些對不住老牛家，所以他也不想痛下殺手。於是用了一計，調虎離山，讓沙僧強打了一桶水，這樣才為唐僧和八戒打了胎，解決了未婚先孕問題。

讀到這裡，不免令人捧腹，除了是「愚人節」上的禮品，否則誰也不會相信喝了什麼河的「水」，或吃了什麼樹上的「果」，或得到什麼「仙氣靈氣」等，能夠致人懷孕的奇事。吳承恩真夠超前的，竟想出了這樣一個遺傳學的命題，其過程和細節，比女人生孩子還生動，就像真有這麼回事似的。

故事雖然引人注目，但有一點卻很令人費解，那就是為什麼懷孕的偏偏是唐僧和八戒，而不是悟空和沙僧，有讀者可能會說，悟空和沙僧沒喝子母河的水。其實讓誰喝水，還不是吳承恩說的算。他這樣的安排，難道純屬巧合嗎？我看沒那麼簡單。

作者之所以讓唐僧和八戒懷孕，裡面還有大因由。整本《西遊記》，寫的就是一個僧人一生的成長過程，在修行學佛的孤寂生活中，自然會忍受各種煎熬，產生各種想法，尤其是關於傳宗接代的問題，是困擾古人出家的大問題。國人講究不孝有三，無後為大，如果當了和尚，那麼一個家族的血脈就斷了，想克服這種心理，需要經過艱苦的思想鬥爭。這種鬥爭集中反映在了唐僧和八戒懷孕這件事上。這個出家人，青年時候，曾經幻想過解決傳宗接代的問題，到老了又幻想了一次。

神奇的「子母河」水，給我們提供了一個「無性繁殖」的故事，也成為千百年以來，人類一直無法破解的謎。但是，隨著現代科學技術的快速發展，特別是「複製」技術的出現，男人也能「生小孩」再也不是什麼天方夜譚了。吳承恩的「科學命題」，終於到了有解之日，不知對人類是禍還是福？

淨壇使者：吃出來的人氣

西天取經成功，西遊團隊的上級領袖，自然就會論功行賞，該封官的封官，該提拔的提拔，該獎賞的獎賞。八戒跟著辛苦了十幾年，沒功勞也有苦勞，自然大小也會給個封賞。

那麼，如來佛祖給八戒一個什麼官做呢？說出來蠻搞笑的，美其名曰，淨壇使者，說白了就是專門負責吃掉各地供奉的貢品，把供桌打掃乾淨。實惠倒是實惠，就是有點名聲不好。八戒剛開始不知道這是個什麼官職，還老大不願意，認為師父和悟空都封了佛一級的，而自己只弄了個使者，有點小看自己，後來如來佛祖告訴他這個職位很實惠，有很多油水可撈，他才勉強接受。

回顧八戒在西遊團隊裡的履歷和政績，不免令人唏噓。每個讀過《西遊記》的人，對八戒的感情都會有點複雜，無時無刻嘲笑他，又無時無刻喜歡他，他就像喜劇裡的小丑，既滑稽幽默，又純真可愛。人們之所以會對八戒有如此複雜的感情，莫過於每個人的身上，都或多或少地有八戒的影子。我們看八戒，實際就是在掃描自己。

八戒有缺點，也有優點，他雖然有好吃懶做的毛病，但是西遊團隊裡辛苦的工作卻都是他在做的，就像他曾在高老莊對他的娘子說的那樣，「掃地通溝，搬磚運瓦，築土打牆，耕田耙地，種麥插秧。」樣樣拿得起放得下，一個典型的勞動模範形象。他愛耍點小心眼，佔點小便宜，這也是人人都有的小毛病，算不了什麼大事。八戒嘴饞愛吃，肚子大飯量大，不時愛發點牢騷，常常抱怨這不如意，那不稱心。有時候他也會產生消極情緒，雖然常常叫嚷散夥分行李，但從沒有背叛過西遊團隊，可見其忠誠的一面。

正如如來佛祖總結的一樣，八戒色心未泯，這好像是佛門大忌，也是如來佛祖眼中的最大缺點，這其實怪不得八戒，一個血氣方剛的青年人，如果連一點人的本能也沒有，豈不是成了怪物。佛門的清心寡慾，多少有點滅絕人性。

八戒愛吃愛睡愛女人，給他一個淨壇使者的稱號，可謂是對他的性情最貼切的褒獎。吳承恩描畫出這麼一個人物，是為了說明一個剛出生就進入佛門的人，他的青年時代註定要忍受著七情六慾的煎熬，忍受著靈與肉的考驗。雖然他有著充沛的精力，旺盛的情慾，但必須克制再克制，忍耐再忍耐，哪怕做做春夢，動動淫心，也是不可以的。這樣的生活，表現在八戒身上，除了自嘲和自虐，確實沒有什麼其他方式來化解蓬勃的性慾。

在現代女性的眼中，八戒是做丈夫的最佳人選。八戒早年經歷了一段富足的神仙生活，但是嚴格的清規戒律沒能鎖住他青春期的躁動，因為調戲嫦娥，終被罰下人間。但他為人單純，敢愛敢恨，對女人更是有情有義，即便是豬的外表也不能阻擋他對美麗愛情的追求。在高老莊，八戒對高大小姐的愛遭到了無數人的反對，但都不能泯滅他的執著。在西行途中，八戒雖然對其他女子有過一時

的邪念，但始終如一的信念是：等取經回來，一定要去高老莊！真是此情天地可鑑。可惜他多情的一生卻無法領到一張結婚證，只留下「豬八戒背媳婦——費力不討好」的笑柄，怎一個悲字了得！

淨壇使者的稱號很具有諷刺意味，一個人成仙成佛後，得到好處就是可以放開肚量到處去吃，這多少讓人懷疑所謂正果的嚴肅性和深刻性。

吳承恩在描畫八戒的生活時，內心一定充滿了矛盾。對於人生的目的，他肯定也是迷茫的，表面上看他尊重佛教，讓八戒修成了正果，成為佛界中人，但他透過八戒修行過程中生活細節的爆料，還是曲折地表達了他對世俗生活的嚮往。不管是高老莊娶媳婦，四聖試禪心時甘願入贅做養老女婿，濯垢泉吃蜘蛛精的豆腐，還是子母河受孕，直到最後被封為淨壇使者，都是他對世俗生活戀戀不捨的最好註解。嘴上說佛，心裡想的卻完全是塵世的幸福。看到了八戒，我們就看到了吳承恩青年時代的影子，那不是佛，而是一個活生生的人。

龍種也要任人騎

第四章

鷹愁澗飛起白龍馬

——男孩放養猛如虎，女孩家養秀如花

縱火犯天條：反抗是痛苦的，不反抗是更痛苦的

悟空出生在東勝瀛洲，白龍馬生活在西海海底，一東一西，相隔十萬八千里，最後卻構成了一個人靈魂的兩個部分——心猿意馬。悟空是心猿，小白龍是意馬。所謂心猿意馬，是指人的心意像猴子蹦跳，野馬奔跑一樣難以控制，說白了就是指人的想像力。

我們都知道，世上本沒有什麼龍，但人們卻樂此不疲地相信龍，讚美龍，好像龍就生活在我們的身邊，而且希望自己鯉魚跳龍門，像龍一樣飛黃騰達。人當然成不了龍，可是皇帝卻偏偏稱自己是龍，還把自己的子孫當成龍種，可見龍不過是人類高貴地位的象徵。龍在九霄之上，那麼一定有一種動物在地上與之相對應，那就是馬，故而古人常說在地為馬，在天為龍，這種情況被稱作龍馬精神。可見龍和馬本來是一家，密不可分。一旦天馬行空，就會發生變化，變身為龍了。

《西遊記》裡的小白龍，就是一個純正的龍種，換個角度說，他出身高貴，一出娘胎就是一個身分地位顯赫的人。他是西海龍王敖閏的三太子，其顯貴自然不用多說。這樣一個有身分有地位的人，卻犯了法，而且是死罪，顯然問題非常嚴重，否則，按照刑不上大夫的潛規則，不至於判個死

刑。

那麼，貴為龍王三太子的小白龍究竟犯了什麼法，以致於連他爹都罩不住他，非得拉出去砍頭示眾呢？原來他放火燒了自家殿上的一顆明珠，而這顆明珠恰恰是玉帝賜給的。這還了得，這不明擺著是犯上作亂，對玉帝大不敬？他老爹西海龍王當然不敢包庇，只好供出小白龍，負荊請罪。

這裡面有一個疑問讓我迷惑，那就是小白龍為什麼要縱火燒毀明珠，也就是犯罪動機問題，《西遊記》裡始終沒有披露。這個問題是核心問題，不知道吳承恩為什麼對此諱莫如深，一個字都沒有提起。按照我們常人的思維來猜測，小白龍這次犯錯，可能有以下幾種情況：一是小孩子調皮玩耍，不知道輕重，無意放了把火，或者出於好奇，想試試明珠能不能禁得住火燒。二是可能對家長的某些做法有什麼不滿，故意放火發洩一下。但不管出於什麼原因，小白龍肯定沒有想到後果會這麼嚴重。

小孩子向來天不怕地不怕，不知道天高地厚，輕重緩急，做出這樣的事情，很符合孩子的天性。而他爹當然明白，但又不能以此為理由進行開脫，小孩子不懂事，大人還不懂事嗎？起碼有管教不嚴，縱子行兇的過錯，難怪他爹要丟卒保車，親自跑到天庭告兒子犯下忤逆罪了。

悟空即為心猿，卻與龍有著千絲萬縷、扯不斷理還亂的關係。他的如意金箍棒是從東海龍王那裡騙來的，而且是東海的定海神針，而與他相依相伴的意馬，同樣脫胎於龍，只不過從東海跑到了西海。悟空大鬧東海的龍宮，小白龍就在西海裡造反，兩人好像商量好了一樣，遙相呼應，彼此心有靈犀。

由龍變馬，這是一個痛苦的蛻變過程，與悟空由齊天大聖變成行者一樣，都是在自降身分，自我貶損，沒有人願意接受這樣的現實。但心猿意馬不可分，有悟空，就有白龍馬，就像一枚硬幣的正反面一樣，誰離了誰，都無法存在。所以當悟空被開除的時候，白龍馬才會現形，出手去救唐僧，也只有白龍馬才會想到悟空，懇求八戒去將悟空請回。

白龍馬是一個人想像力、思考力和情緒的象徵，也是一個人腳踏實地，埋頭苦幹的寫照，人要一馬當先，願效犬馬之勞，才能立下汗馬功勞，馬到成功。如果控制不住自己的情緒，那結果可能就會不盡人意，更別說天馬行空，成龍成鳳了。

很多朋友認為，小白龍這個角色可有可無，不過就是唐僧的一個代步工具，換成別的馬，甚至換成毛驢也無不可。有這種想法的朋友，忽略了一點，那就是人的精神和意志力的作用。既然《西遊記》寫的是一個人從小到大，遁入空門，修行成佛的歷程，那麼他的情緒控制和把握，就顯得至關重要。修行不能情緒化，不能整天胡思亂想，收復了白龍馬，其實就是控制住了自己的情緒，進而克制了自己的各種慾望。只有如此，才能真正領悟佛的美妙境界。

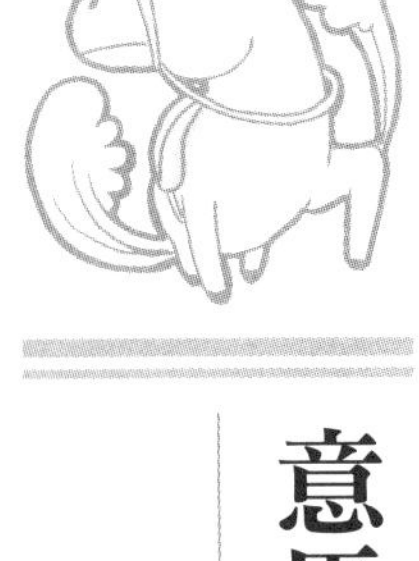

意馬收韁：你被組織了

小白龍違背了天條，按照當時的法律規定，應該被判處死刑。正當他被押在大牢裡等待執行死刑時，觀音菩薩正好在物色西遊取經團隊的人選。當看中他時，就到玉帝那裡去說情，要求赦免小白龍的罪過。玉帝很給觀音菩薩的面子，當即赦免了小白龍的死罪，把他貶到一個叫鷹愁澗的河裡，專門等待取經隊伍到來。一個犯了死罪的人，就這樣被開釋，可見人情大於法，面子大於法，組織的力量遠遠大於法律的力量。

小白龍被貶到鷹愁澗，一門心思等待取經人，偶爾餓了的時候，跑上岸捉個飛禽走獸充飢果腹。所謂鷹愁澗，就是老鷹見了也發愁的地方。小白龍藏身鷹愁澗，看到唐僧騎的白馬，認為美味送上了門，不享用豈不是辜負了上天的一番美意。但他吃掉了唐僧的白馬，就等於發出一個信號：自己將會被動地加入取經團隊。

古時候，馬是人類最得力的助手，小白龍偷吃了唐僧的坐騎，就等於毀掉了唐僧的代步工具，這於情於理都說不過去，難怪悟空非要向小白龍討回馬匹不可。唐僧沒有了白馬，只有嚎啕大哭

的份，這時候他和悟空剛剛合作不久，彼此的關係還不融洽，悟空很看不起師父的窩囊樣，心裡有火，只好去找小白龍鬥氣。兩人鬥了幾個回合，小白龍一看自己不是悟空的對手，好漢不吃眼前虧，他立刻當了縮頭烏龜，藏在水底不出來，任憑悟空喊破喉嚨，也不再理會。悟空沒辦法，只好找當地的土地和山神，打聽小白龍的來歷。

土地和山神這些芝麻綠豆的官，當然不敢隱瞞，把小白龍的來龍去脈，詳細地向悟空做了彙報。弄清了小白龍的來歷，悟空只好去請觀音菩薩。觀音菩薩是代表組織的，她一出面，也就是說組織一出面，問題立刻解決了。小白龍乖乖地現身，並且同意接受組織的安排，加入唐僧的西遊團隊，重新開始工作。

小白龍加入西遊團隊，是做為「五行」中火的代表出現，任務就是馱載唐僧。為什麼這樣安排呢？原來，古人非常相信五行相生相剋理論，唐僧既然是水，就要火來陪伴，以取水火相濟之意。同時，悟空屬金，火剋金，所以只有小白龍能夠對悟空有所制約，心猿意馬彼此互為掣肘。在以後的路途上，都是沙僧牽著白龍馬，沙僧代表土，火生土，故而只有沙僧牽著白龍馬，才能發揮出他的最大能量。

由此可見，唐僧剋白龍馬，白龍馬生沙僧，三個人彼此相互制約，自然就能組合出最有效率的團隊來。從這個角度來說，西遊取經團隊做為一個完善的組織，當然是離不開小白龍的，大概當年觀音菩薩物色人選的時候，也是充分考慮了這一點。

有心猿就要有意馬，唐僧收服了悟空，很快就遇到了小白龍，這絕不是巧合，而是人的天性使

然。如果說悟空是少年兒童時期的化身，那麼當他有了自己的思維，有了自己的情緒，自然也就有了意馬，胡思亂想，在所難免。心猿意馬相伴而生，符合人的成長規律。

關於這一點，還有一個小細節，很能說明問題。觀音菩薩責問小白龍，「為什麼取經人來到眼前了，為何不歸隊，還要吃掉取經人的白馬？」小白龍說，「這都怪悟空，他是哪裡來的潑魔？」悟空回答道，「別管哪裡來的，只管還我的白馬。」小白龍這樣問，悟空當然不會如實回答，一個心高，一個氣傲，誰能服誰呢？看來意馬不收韁，神仙也難治。小白龍被組織了，符合人性的發展規律，即便遇不到觀音菩薩，也只是早晚的事情。

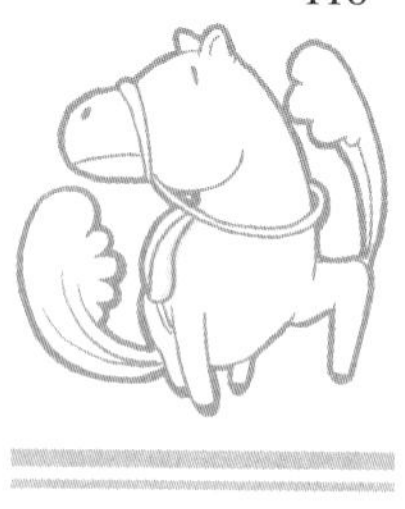

搖身做馬：龍種也要任人騎

西遊團隊裡，悟空是猴子，八戒是豬，小白龍直接變成了馬，只有唐僧和沙僧有個人樣。為什麼要把悟空、八戒、小白龍弄成獸類呢？古人說，有教無類，大概是為了表明，佛對萬事萬物的教化都是一樣的，不管是人還是獸，只要有禮佛之心，都能修成正果。不過要我看，這說法多少有些牽強。人與獸最大的區別是人有自我意識，無論是對慾望的克制還是放縱，都帶有很強的主觀色彩，並且能夠自我調節和自找疏導，而獸類則完全依靠本能行事。

悟空是一個徹頭徹尾的獸類，但具有人類的精神和意識。八戒本身就是一個人，卻具有獸類的外表。至於白龍馬，從一個虛無的龍到一匹真實的馬，始終沒有脫離獸類的範疇，與人類沒有任何一點交集。所以白龍馬在西遊取經團隊裡的地位，也與悟空、八戒、沙僧不同，他們是做為唐僧的徒弟登臺亮相，而白龍馬只是做為唐僧的一個腳力。這樣的角色定位，也註定了白龍馬少說多做，默默無聞的性格特點。

小白龍在唐僧到來之前，不會變成馬，也沒有必要變成馬，遇到了唐僧，他就要兌現諾言，化身

為馬，成為唐僧的代步工具。當然，他自己無法把自己變成一匹馬，這需要觀音菩薩的幫忙，鋸掉他頭上的角，銼掉滿身的鱗片，這樣才能成為一匹溫順的坐騎。

像小白龍這樣出身豪門的公子哥，要想俯首貼耳地當一匹溫順的馬，談何容易。僅僅是心理上巨大的落差，就有可能把他逼瘋。他顯赫的出身，就如同悟空大鬧天宮的資歷一樣，使他輕易不把一般人看在眼裡，如今因罪要忍受胯下之辱，心裡多少還是有些不服氣，好在他性格還算平和，有著極強的忍耐力，不會流露出不滿和牢騷來。白龍馬既然不是一匹真正的馬，當然會說人話，但他卻很少說話，只是默默地做好自己的工作，不該說的話從來不說，不該摻和的事情從來不摻和。

一匹馬經過磨礪而天馬行空成為一條龍，是境界的提升，而一條玉龍化身為馬，自然是自降身分，就像古代那些達官顯貴忽然失勢成為階下囚一樣，很多人會因此自暴自棄，一蹶不振。好在小白龍沒有那麼脆弱，他的韌性和忍耐力，使他最終獲得了成功，重新回到了龍的行列，而且超越了一般的龍，這是後話，我們暫時不提。

小白龍經過觀音菩薩點化，變成了一匹馬，意味著他這個龍種，從此以後將成為別人的代步工具。這種身分的轉變，必將伴隨著心理上微妙的變化。吳承恩在這裡用了一個意馬收韁的詞來概括小白龍身分地位的變化，很耐人尋味。這就是說，一個人有了自我意識，免不了心猿意馬，哪怕他還是個孩子。

心猿曾經大鬧天宮，意馬也曾違反天條，一個被戴上了緊箍兒，一個被貶為馬，兩者相遇，從此都被組織紀律約束，不能再自由發揮，這是成長必須要付出的代價。佛界金蟬子轉世的唐僧，有了小白龍化身意馬做為腳力，而身邊的心猿幫他清理各種私心雜念，這樣在人生的道路上行走起來，既快又安全。吳承恩這樣安排一個人的生活和事業，就有點太過理想化了，心猿意馬會伴隨人的一生，即便是心如槁木的人，也難免會有意亂神迷的時候。

誰能有觀音菩薩的本事，把心猿和意馬訓練得服服貼貼，只為我所用，而不越雷池一步呢？看似佛家能夠做到，其實不能，肉體的清心寡慾，並不代表心如死灰，那些內心的波瀾，是否會泛起浪花，也只有本人才知道。存天理滅人慾，最後的結果只能是人慾的氾濫。

如果把西遊取經團隊看成一個公司的話，那麼白龍馬的角色，就是投資集團派來的一個臥底，自始至終監視著整個公司的運轉情況。雖然有一身超強的本領，卻從不輕易外露，這樣的人，怎麼看怎麼像一個潛伏的特務。這是一道非常有趣的思考題，留給那些喜歡把《西遊記》當成企業管理寶典的朋友們慢慢思考吧。

千里馬蹄急：一看就是模範員工

唐僧是個凡人，要想讓他親自步行幾萬里去西天取回經書，有點勉為其難，這就需要一個代步工具，那個時代，除了馬，就沒有更先進、更合適的交通工具了。雖然悟空、八戒、沙僧三人都會騰雲駕霧，很可惜，唐僧要去西天取經，必須依靠陸路交通工具，一步步丈量著去，這讓白龍馬有了用武之地，給了他表現的機會。

東土大唐離西天極樂世界有萬里之遙，普通的馬要完成如此艱巨的任務，當然吃不消。這一點，觀音菩薩早有預判，為此，她在收服小白龍的時候，就曾親口對悟空說過錄用小白龍的理由，她說：「你想那東土來的凡馬，怎歷得這萬水千山？怎到得那靈山佛地？須是得這個龍馬，方才去得。」觀音菩薩的說法不無道理，千里迢迢去取經，沒有合適的交通工具怎麼行。

吳承恩在寫到交通這個問題上，出了一個小小的紕漏。他為了更好表現出西天取經的艱難，有意安排唐僧只能靠步行和騎馬趕路，而不能像悟空那樣可以在空中飛來飛去，一個跟頭十萬八千里，眨眼就能跑到佛祖的面前。並且悟空、八戒、沙僧、白龍馬等人的飛行法術，還不能用在唐僧的身上，用在他身上就形同虛設，一點作用也不起。就如同變戲法一樣，只能欺騙觀眾，卻沒有實用價值。但是，唐僧在西天取經的路上，卻經常被妖精攜帶著在空中飛來飛去，這就不免讓人產生疑問，悟空和八戒等人從本質上說都是妖，為什麼別的妖精能做到，他們做不到呢？按常理來講，明顯說不過去。可見，不是悟空、八戒等人沒有這本事，而是吳承恩不讓他們這麼去做。唯一能解釋通的理由是，妖由心生，唐僧取經路上根本就沒有遇到什麼真正的妖精，那些所謂的妖，不過是他內心複雜的矛盾和鬥爭。妖精捉去的唐僧，只是他的靈魂，而不是他的肉體。

當然，事實上並沒有什麼白龍馬，按著一體合四相的說法，白龍馬不過是一個人身上所表現出來的一個相，這個相被吳承恩稱為意馬，也就是意念之馬。人們常說，給想像插上翅膀，其實每個人的思想世界，充滿了電光石火，想到哪裡就到哪裡，根本不用借助於翅膀。

白龍馬本是龍，如今卻做著馬的差事。起初，八戒和沙僧並不知道白龍馬是一條龍馬，八戒挑擔走累了，還與白龍馬攀比，意思是那麼一匹高大肥胖的馬，只馱著一個老和尚，要是捎帶著搭上幾件行李，也能馱得動。悟空就說你們不要攀比他，那不是馬，是一條龍，八戒和沙僧聽了還不相信，非要驗證一下。於是悟空掏出金箍棒虛晃了幾下，白龍馬看見了金箍棒，以為悟空要打他，撒開四蹄疾飛如電，八戒和沙僧這才知道了白龍馬的厲害。

唐僧能夠行程數萬公里，順利到達西方極樂世界，白龍馬功不可沒。「一馬當先，馬不停蹄，汗馬功勞，馬到成功」，這四個關於馬的成語，生動地描繪出整個取經路上，白龍馬所做的努力和所發揮的作用。

整本《西遊記》裡，白龍馬現身的機會不多，精彩的地方更是屈指可數。他總是躲在不顯眼的地方，默默奉獻，人氣指數和關注度顯然要大大低於悟空和八戒。而且唐僧師徒，也沒有把白龍馬當人看，有什麼好事，也沒有想起過他，比如偷吃人參果，就沒有想給白龍馬一個，有主人請客吃酒席，也從來沒有想讓他一同入席，他只有躲在馬廄裡吃草的份。這種嚴重的忽略和歧視，好像白龍馬也沒當回事，沒有表現出一絲的不滿和消極。這樣一個特殊的角色和地位，讓很多朋友忽略了白龍馬的存在和價值，感覺他可有可無。其實則不然，沒有白龍馬，西遊團隊不僅行動遲緩，耗時費力，而且他在危難時刻方顯英雄本色，該出手時就出手。同時也應看到，白龍馬的現身，不是悟空式的為名，也不是八戒般的為利，而是真正的為了「功果」，他的耐性同樣也是為了「功果」，這正是取經事業中不可缺少的一種精神。

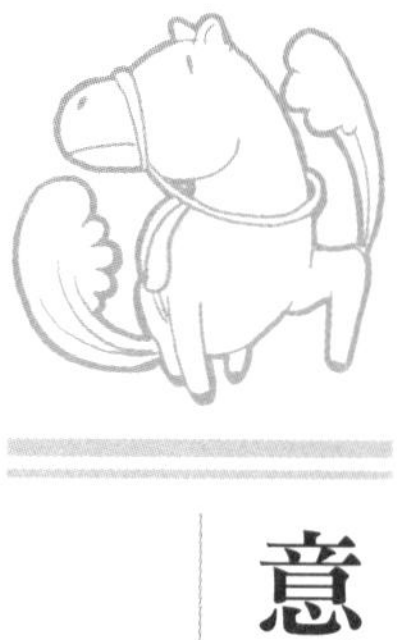

意馬憶心猿：

不怕虎一樣的敵人，就怕豬一樣的隊友

西遊團隊是一個完美的五行組合，彼此之間相生相剋，誰離開，這個團隊都會陰陽失調，出現問題。悟空因為不聽唐僧的勸阻，一意孤行，打殺了白骨精，而被唐僧開除出隊。沒有了悟空，西遊團隊的麻煩接著就來，這也給了白龍馬一個登臺亮相表演的機會。

趕走了悟空，唐僧師徒在碗子山波月洞就遇到了黃袍怪，多虧黃袍怪的老婆有事相求，唐僧師徒才逃過一劫。原來，黃袍怪的老婆是寶象國的公主，被黃袍怪搶來做押寨夫人已經十幾年了，連小妖都生了兩個。這個押寨夫人在黃袍怪洞裡生活時間久了，開始想父母，見到唐僧，有意要放了他，讓他給家裡捎封信。

唐僧既然被人救了性命，捎封信自然就是理所當然的。沒想到寶象國的國王看了女兒的信，除了喜出望外，思女心切外，還非要讓唐僧幫忙除妖，解救出被綁架的女兒不可。唐僧當然沒有這本事，他只好推薦八戒和沙僧。

這兩人哪裡是黃袍怪的對手，沒幾個回合，八戒就被打得只有招架之功，沒有還手之力，找了個

理由，撇下沙僧，自顧自地逃命去。

讓八戒和沙僧這麼一鬧騰，黃袍怪惱羞成怒，心想，「我好心好意放了你們的師父，你們卻恩將仇報，打上門來要滅了我，這口惡氣一定要出。」出於夫妻關係和家庭和睦的考慮，他也沒想要唐僧師徒的命，只是想給他們點顏色看看。於是把自己變成了一個英俊瀟灑、風流倜儻的帥哥，跑到寶象國來認親。

寶象國國王見了女婿，當然非常高興，他很快就聽信了女婿的話，認定唐僧就是當年搶走他女兒的老虎。黃袍怪確信國王相信了自己，就略施小計，把唐僧變成一隻斑斕猛虎。

這時候，他想起了悟空，心想要是悟空在，何至於落到如此狼狽的境地。如今是無法指望八戒和沙僧，唯一的辦法，就是請回悟空。

八戒臨陣脫逃後，躲在草叢裡美美地睡了一大覺，才大搖大擺地回到他們下榻的賓館。剛進門，就被白龍馬給攔住，當白龍馬開口說話時，還嚇了八戒一跳，原來他已經忘了白龍馬是龍。當八戒知道師父的情況後，第一反應就是和白龍馬商量分行李散夥，白龍馬好說歹說，才改變了他散夥回家的消極態度。

白龍馬趁機向八戒建言，讓他去請回悟空。剛開始時，八戒猶豫著不敢去，擔心悟空不給他面子，反而要懲罰他。可是招架不住白龍馬反覆陳述利害關係，曉之以情，動之以理，最後只好乖乖地趕往花果山，去請回悟空。

心猿意馬屬於人的思想活動，沒了心猿，意馬就會獨木難支，所以意馬第一時間想起心猿，站出來極力主張請回悟空。白龍馬這樣的表現，看似出人意料，仔細一想，還真是順理成章的事情。從此以後，只要有悟空在，無論遇到多麼危險的事情，白龍馬都沒有再拋頭露面。為了讓悟空盡情地表演，白龍馬甘願躲在角落裡，當一個默默奉獻的配角。

如果心猿是《西遊記》的明線，那麼意馬就是暗線，一明一暗，兩條線索互相配合，共同牽引著西天取經這場大戲，徐徐走向高潮。

助陣傷筋骨：
懷才就像懷孕，時間久了才能讓人看出來

整本《西遊記》，給白龍馬的戲分並不多，難得有他出頭露面進行表演的機會。在鷹愁澗因為吃掉唐僧的白馬，和悟空一陣打鬥，是第一次施展自己的本領。還有一次，就是在寶象國挺身而出，刺殺黃袍怪。

如果悟空不被唐僧開除，就算唐僧陷入再危險的境地，白龍馬也不會顯露原形，出手相救的。難得見白龍馬一顯身手，真是不鳴則已，一鳴驚人。他這次行刺，實為不得已，悟空被趕走了，八戒和沙僧不知去向，偏偏唐僧又被黃袍怪變成老虎，整個西遊團隊就剩下他了。危難時刻他再不出手，實在說不過去了。於是他變成一個年輕漂亮的女子，去為黃袍怪斟酒倒茶，表演歌舞，並找機會給黃袍怪來個致命一擊。

白龍馬首先表演的是斟酒的功夫，能把酒斟到高出酒杯一大截，像十三層寶塔一樣堆在上面而不灑一滴，確實了得。接著他為黃袍怪唱歌，進而勾起了黃袍怪的興致，讓他起舞助興。這可是個大好的機會，白龍馬怎麼會錯過，他誘使黃袍怪解下佩劍交給自己，說要為其舞劍。項莊舞劍意在沛公，白龍馬舞劍，當然劍指黃袍怪了。他劍舞生風，上下翻飛，舞到興頭上的時候，出其不意就給了黃袍怪一劍。黃袍怪被嚇出一身冷汗，忙不迭抓起一根叫做滿堂紅的燭架，架開了白龍馬迎頭劈來的寶劍，兩人就這樣決鬥起來。薑還是老的辣，初出茅廬的小白龍，還是嫩了點，一會工夫，就招架不住了。他被黃袍怪投擲的燭架擊傷，最後鑽進河裡，才得以脫身。

白龍馬當了一次無名英雄，這就叫真人不露相，露相非真人。整本《西遊記》裡，無論是神仙妖怪，還是凡夫俗子，只要有機會，就想表現自己。唯獨白龍馬，生怕引起別人的注意，能躲就躲，能藏就藏，要多低調就多低調。這樣的表現，就更讓人懷疑他的身分了。

吳承恩在西遊團隊裡安插這樣一個臥底是有深意的：不管是心猿還是意馬，都屬於心理活動的範疇。在人體的身體裡，心屬於五行中的火，按照一體四象的原理，白龍馬代表的是一個人的心，當然會藏得很深，不會輕易流露出來。中國人講究陰陽調和，嘴裡說出的話屬陽，心裡的真實想法屬陰，心嘴配合，陰陽調和，否則心直口快，心口如一，非得罪人不可。

這樣看來，人們嘴上說的和心裡想的，根本就不是一碼事，這才有口蜜腹劍一說，口裡說的天花亂墜，比蜜還甜，心裡卻暗藏殺人的凶器，說不定什麼時候就會插上一刀。一個人什麼都可以放在表面，表演給眾人看，唯獨自己的心思，要藏好，不能露出半點馬腳。白龍馬就是一個人的心，所以他有別於唐僧等人，不能拋頭露面，只能低調。

心有多遠，人就能走多遠，所以白龍馬來做唐僧的腳力，再合適不過。白龍馬偶爾露一次馬腳，就讓唐僧身陷險境，只得再次召回悟空，看來沉默是金這句話，對於我們來說是多麼的重要。

龍王佈雨：老闆，我看好你

白龍馬的龍家族，與西遊取經團隊有著千絲萬縷的聯繫。整本《西遊記》裡寫到龍家族的地方特別多，悟空大鬧天宮，因搶了東海龍王的定海神針而起；唐僧之所以要去西天取經，也是因為涇河龍王被斬，唐王李世民要到陰間三曹對案，才扯出這麼一大件事來；至於小白龍加入取經團隊，以及悟空經常讓各位龍王幫忙解決各種難題，更是極為平常的事情。

做為東土大唐道家系統裡的龍，為什麼會和西方極樂世界裡的佛糾纏不清呢？這是一個非常有意思的問題。整個龍家族，對西遊取經團隊，非常支援，提供了大量的人力物力幫助，這也是非常值得研究的一個現象。如果把這個兩個問題放在一起看，就會發現一個問題，佛教東進，是統治階層的王公貴族和道教徒們相互妥協的結果。

為了引進佛教，統治階層可謂不遺餘力，有錢出錢，有力出力，甚至不惜血本。這在《西遊記》裡，悟空動輒去天庭搬兵，動輒就要龍王出面，興雲佈雨，幫助自己拿妖除怪。那麼，做為實力派的龍家族，為什麼這麼看好西遊取經團隊呢？

在古代的中國，王公貴族多屬於儒教，在《西遊記》裡他們又穿上了道教的外衣，變身為龍族，他們之所以會如此鼎力支持唐僧師徒取經，不惜把犯了錯誤的子孫放到西遊團隊裡，不惜幫助悟空徇私舞弊，一個重要的原因是儒道兩教已不足以教化民心，他們要藉助外來宗教勢力，為維護自己的統治地位和既得利益服務。他們支持唐僧的西遊取經團隊，其實就是支持他們自己的利益訴求。

悟空遇到什麼興雲佈雨或者與水底世界有關的事情，就會毫不客氣地去找龍王，而龍王們也是有求必應，從不推辭拒絕。悟空的金箍棒來自東海就不用說了，他第一次和唐僧鬧翻，離家出走，也是東海龍王主動勸說他回心轉意；他和紅孩兒打架，是龍王下雨幫他滅火；車遲國為了顯示自己的能耐，和妖精鬥法，也是請龍王幫忙；黑河裡唐僧遇險，是龍王派太子去解圍的；至於鳳仙郡差點丟醜，也沒少麻煩了龍王。

龍族和西遊團隊勾結一起的最直接證據，就是小白龍加入西遊團隊，成為西遊團隊的一分子。這件事表面上看來很偶然，小白龍偶爾犯法，正巧被偶爾路過的觀音菩薩看到，於是很巧合地被觀音菩薩說情救下，並保舉加入了西遊團隊。這件事情如果深究的話，就會發現裡面的必然性。

首先，妖怪很多，觀音菩薩為什麼不選別人？從觀音菩薩挑選的整個西遊團隊人選就可以看出其中的細節，唐僧是轉世的金蟬子，悟空曾經被封為齊天大聖，大鬧過天宮，多次受到處罰，豬八戒是天蓬元帥，沙僧是捲簾大將，小白龍是太子，這些人都大有來頭，都是權力階層裡犯了錯誤的官員，他們對官場的那一套非常熟悉，很容易就能和權力階層掛鉤，贏得權力階層的支持。後來的事實也證明了這一點，西遊取經團隊能獲得最後的成功，很大原因來自於東土權力階層不遺餘力的支

持和幫助。

唐僧騎上白龍馬，是道佛合作的樣本，上面是佛家的金蟬子，下面是道家的小白龍，他們共同為大唐王朝服務，實現了儒釋道的三教合一。表現在一個人的身上，那就是考試中舉當大官成為達官顯貴，又懂陰陽五行，煉仙丹重養生，祈求長生不老，最後還要燒香拜佛，讓觀世音菩薩保佑自己升官發財，讓自己怨恨的人遭到報應。你看，一個人就這樣成了三位一體的四不像怪物。

《西遊記》就是一個人的成長史，最後長成什麼樣，完全取決於這些文化環境相互作用的結果。那麼，觀音菩薩組建的西遊團隊為什麼選擇龍家族做為自己的合作對象呢？這個問題非常簡單，龍是華夏民族的圖騰，也是東土大唐最高權力階層的象徵，勾結了龍族，其實就是勾結了最高權力階層，得到最高權力階層的支持。這樣一來，那還有什麼辦不到的事情，解決不了的問題呢？

如來佛祖和觀音菩薩組建西遊團隊去西天取經，表面上看是為了普渡眾生，澤惠天下百姓，其實本質上還是權錢勾結，都是為了使自己的利益最大化。白龍馬是龍家族參股西遊取經團隊的股東代表，也是東土大唐的利益根本，沒有了白龍馬，也就沒有了龍族的支持。沒有龍族的支持，西遊取經團隊根本就沒有存在的必要，龍族才是西遊取經團隊背後最大的老闆。

馴方脫殼：我到底是龍還是馬，請給個說法

過了凌雲渡，猿熟馬馴，唐僧就脫去了臭皮囊，像金蟬脫殼一樣，拋卻了肉體，修練成佛了。猿熟馬馴，說白了就是心猿成熟，意馬也被馴化了，只有這個時候，唐僧做為金蟬子才能脫殼，才能脫去臭皮囊，成為一個真正的佛。

金蟬脫殼了，那麼做為一體四象的白龍馬，應該如何處置呢？到這節骨眼上，還真不好分辨白龍馬到底是龍還是馬，說他是龍，他有馬的外形，繼續做著馬的工作，說他是馬，他還有了龍的精氣神和龍的本事。至於說到意馬被馴化，僅僅是馬的變化，而龍的那一部分呢？由龍而馬，再由馬而龍，這期間的轉換，一定存在著某些奧祕。

整個西天取經的過程中，很少有人能弄清白龍馬到底是龍還是馬，按照吳承恩的說法，應該是龍馬，就是龍和馬的混合體。具體是龍還是馬，要根據需要而定，需要他是馬的時候，他跟普通的馬沒什麼區別，需要人牽著，需要餵草料，晚上要睡在露天或者馬棚裡，不能和唐僧師徒平起平坐。需要他是龍的時候，就完全是龍的做派，吞雲吐霧，翻江倒海。記得有一回，悟空炫耀自己的本

事，冒充祖傳老中醫，為一個老婆被人拐跑的朱紫國國王治病，配的藥丸就是用白龍馬的尿，這時候讀者才知道，白龍馬不僅會說人話，而且平時是不撒尿的。因為他的尿是龍尿，撒到水裡，水裡的魚蝦喝了也會成龍，尿到山上，山上青草也會長成靈芝，人要是採靈芝吃，就會延年益壽。

對於一個人的成長來說，要想成龍，必須先從做馬開始，經過腳踏實地不停的努力，才會有一飛沖天的可能，從馬躍升為龍。不經過像馬一樣艱苦的磨礪，人生不可能會發生質的飛躍。馬是龍的基礎，龍是馬的昇華，這在很多情況下，是指一種精神，一種人格的力量。到吳承恩的《西遊記》裡，白龍馬象徵的是一個人意馬，就是思想和意識，然而這個意馬卻是一隻龍馬，這就使問題複雜化了。

讓馬的身分裡加入了龍的成分，無形之中就是這匹馬變得神通廣大，難以駕馭了。這也是在說，唐僧這個人思想意識複雜，難以被說服馴化，要想讓他完全徹底地接受佛教的理論和教義，需要花費巨大時間和精力。

關於白龍馬身分的確認問題，也牽扯到對整部《西遊記》的把握，什麼時候把他歸為馬類，什麼時候把他劃到龍的行列，考驗著每個讀者對西遊記的認識水準。所謂白馬非馬，大抵能說明《西遊記》的精靈色彩，事有古怪即為妖，事有反常即為妖。如果白龍馬是一匹普通的馬，也就沒什麼稀奇的了，正因為是龍馬，反覆無常，能龍能馬，才能反映出《西遊記》的靈異氣氛，在這些靈異氣氛的遮蓋掩護下，展示一個人的心靈成長史。

世界再大，沒有人的心大，人奔波一生，奔不出人的心靈，人的一生，都會騎著意馬任由心猿四處折騰，只要人的意識存在，心猿意馬就沒有消停的時候，如果意馬再像龍一樣變化莫測，那一個人的思想就會超乎常人地活躍，別說去西天取經，就是去外太空尋寶，也不是不能想到的事情。所謂佛，就在人的心中，心裡有佛，世界就有了佛。

在地為馬，升天為龍。人們喜歡這樣看待那些成功的人士，喜歡把他們的成功美化為龍。龍是人生至高無上的一種境界，說成了龍，誰就會一飛沖天，高高在上。龍馬精神，就是告訴人們，要有馬的心，更要有龍的追求。唐僧馴化了意馬，就脫去了肉體凡胎，可以騰雲駕霧了，這時候，他就具有龍的本領，從一個凡人昇華為神仙。可見，一個人異於常人時，他就不再是一個人，而變成一個另類了，哪怕把他尊稱為佛，也逃不脫被人們架空、神話，最終疏離的命運。

天龍歸真：排名就要分先後

取經成功，論功行賞，白龍馬被封為八部天龍馬。白龍馬變成了天龍馬，雖然還有一個馬字，但已經沒有了馬的外形，完全變成了一條盤梁繞柱的龍。

據如來佛祖宣讀的獎狀裡稱，白龍馬所立的功勞是馱唐僧到西天取經，馱經書東歸返回大唐，來去都不空手，出的是苦力，功不可沒。為此為他晉職加官，提拔為八部天龍馬。提拔了白龍馬，給他舉辦的升職儀式卻費了大事，要先把他牽到山崖邊的化龍池裡，在化龍池裡洗個熱水澡，頭上就會重新長出角，身上也重新掛滿鱗片，這樣才能飛出化龍池，盤繞在一個擎天華表柱子上。以後，這個擎天華表柱就成了他上班的地點，可以在這上面工作了。

在整個西遊團隊裡，白龍馬一直排名最後，晉職提拔，他仍然排名最後，並沒有破格提拔。西遊團隊四人一獸的組織結構，使得白龍馬處於尷尬的地位，他游離於西遊管理團隊之外，只管默默地做自己的工作，團隊大小事務，好像都與他無關，他也無法獲得與其他四人平起平坐的地位和待遇。實際上，白龍馬在西遊團隊裡享受的是非人的待遇，這樣的角色定位，使很多人常常忽略他的存在，不把他當人看，這多少抹殺了白龍馬的功績。

西遊取經團隊是按照一體四象的組織原則組建的，並且必須符合五行標準。如果西遊團隊是一個人，按照五行標準，唐僧是水，是人體的腎，是生命的泉源，所以他是西遊取經團隊的核心。悟空是金，是人體的肺，是維持生命的根本，主要任務是呼吸空氣，所以他最能折騰，鬧的動靜最大。八戒是木，是人體的肝，主管人的消化，是身體健康的保證，所以他最能吃，慾望最強，肝火旺盛，牢騷滿腹。沙僧是土，是人體的脾，負責人體的肌肉生長，是人體力量的泉源，所以他少言寡語，老實憨厚，工作不惜力氣，任勞任怨。

白龍馬最默默無聞，卻是代表火，是人體的心，主管人體的血液供應，負責人的思考，是生命的發動機和動力源。從這個角度講，白龍馬馬形龍心，異於他人，就不難理解了。這是在說明，這個人不是一般的人，是有遠大理想，一心成龍的人。之所以讓他默默無聞，排在排名榜最後，是因為人的心不容易表現出來，隱藏得最深，但卻最不甘心平庸，最狂野放縱，既有馬的神速，也有龍的變幻，所以被稱為野心。可見，看似不起眼的白龍馬，對於人生來說多麼重要。

悟空和白龍馬，代表著一個人的心猿意馬，我們在笑話一個人缺心眼的時候，常常會說這個人沒心沒肺，其實就是說這個人不會動腦，不會思考，思維不活躍，沒有心猿意馬。同時，我們笑話一個隱藏不住自己的心思，暴露了自己的想法時，常常會用一句話，「不小心露了馬腳」。人當然不會有馬腳，那麼他露出來的馬腳到底是什麼呢？這個馬就是意馬，也就是一個人的心思。你看，關於白龍馬的傳說，還有這麼多深刻的生活哲理，這恐怕是很多朋友沒有想到的吧。

同時，古老的中醫學和陰陽學還告訴我們，人有五形，喜怒悲憂恐。對應五行來說，心生喜，肝生怒，脾生憂，肺生悲，腎生恐。如果西遊團隊是一個人的化身，按著這個團隊四人一馬的表現來看，這個人克制力很強，很少喜形於色，有怒有悲，有憂有恐，唯獨很少見喜。喜是什麼？是歡喜，是歡樂，是高興。小白龍忤逆犯上，被貶為勞頓之馬，也就是說，這個人曾經因為得意忘形，高興過頭，為此受到了處罰，所以他未來的修行之路上，是不能隨隨便便開心快活的，他必須克制自己，甘願當作馬，好好的工作。這也從側面反映出這個出家修行的人，內心並不那麼如意，徒有龍的志向，卻必須像馬一樣，腳踏實地，歷盡千辛萬苦去跋涉，去奮鬥。

取經成功了，白龍馬當然要恢復真身，我們早就說過，白馬非馬，他是一條龍，既然是龍，論功行賞，就應該給他龍的地位，所以他被如來佛祖封為八部天龍馬，讓他盤繞在擎天華表柱上，以供參觀瞻仰。為什麼最後不賜給他一棟豪宅大院，讓他享受生活，頤養天年，或者給他一座富麗堂皇的辦公大樓，讓他好好工作，繼續施展才華呢？吳承恩之所以沒有讓如來佛祖這麼做，還是大有深意的。讓白龍馬化龍後盤踞在擎天華表柱上，正是為了表彰他立下的汗馬功勞，目的是以表其心，讓世人永遠明白，唐僧這個修行取經的人，「其心可表」，值得萬人敬仰。

從白龍馬身上可以看出，禮佛重在用心，心裡有佛，才能真正修成佛。

都是灌水的，玩什麼深沉啊

第五章

流沙河溜走沙僧

——與人方便，與己方便

木吒收悟淨：服從是天職，不服從就得撤職

沙僧是取經團隊四人組裡最不起眼的一個，地位僅高於非人類的白龍馬。這怪不得別人，只怪沙僧犯錯前官位太低，鬧的動靜太小，沒有深厚的人脈和高漲的人氣。他原來是在玉帝府前當差，做著掀門簾的工作，被人稱為捲簾大將。他的運氣實在不佳，王母娘娘召開蟠桃大會，宴請各路嘉賓，只因他不小心失手打碎了一個玻璃酒杯，就被開除公職，貶到流沙河勞動改造，並且每週都要被行刑一次，用飛劍穿胸肋百十下，忍受著非人的痛苦和折磨。

據傳說，流沙河在現在的新疆境內，那裡地廣人稀，是一片不毛之地，沙僧在那裡勞動改造，吃沒得吃，喝沒得喝，而且流沙河還有一個特色，跟中東的死海恰巧相反，連鵝毛掉到河裡都沉底，漂浮不起來。沙僧被貶到這麼一個鬼地方，只能靠吃人度日，路過流沙河的人，被吃掉無數，可謂罪大惡極。別看這人老實，心可夠黑的，怪不得人們常說，咬人的狗不會叫。他吃人還有一個癖好，吃完了就把人頭扔到流沙河裡。普通人的骷髏頭，掉進水裡就沉底了，唯獨那些取經過路的九個和尚，被吃後骷髏頭漂浮在水面上。沙僧感覺好玩，就把九個和尚的骷髏頭撈出來，用繩子串起

來，掛在脖子上當項鏈。

這一天，觀音菩薩帶領木吒來到東土大唐尋找取經人，走到流沙河岸邊，被沙僧發現，他跳出來想捉了觀音菩薩吃，被木吒攔住，兩人大戰了幾十回合不分勝負。後來沙僧聽說對手是木吒，於是請求木吒引薦他去見觀音菩薩，想藉機找棵大樹好乘涼，以便擺脫命運。觀音菩薩果然很給面子，讓他在流沙河老實待著，別再犯錯，一定保舉他加入西遊取經團隊，戴罪立功，並讓他把骷髏頭項鏈掛在脖子上，做為接頭的暗號。這樣，沙僧就算在觀音菩薩組建的西遊團隊裡預定了一個重要崗位，為日後成為西遊團隊裡一個不可或缺的角色，打下了基礎。

沙僧獲罪下獄前，當的官不大，地位也不高，沒有什麼後臺，所以打碎了一個玻璃杯，就丟掉了飯碗，並受到如此嚴厲的懲罰，讓他心裡感到很不公平。這次遭遇，雖然讓他心灰意冷，但也讓他知道要想在社會上混出個人樣，必須要拉關係走後門，找到可靠的靠山才行。腦袋一開竅，果然好事就來了，他和觀音菩薩拉上了關係，很快就脫離了苦海。

也許是機緣巧合，觀音菩薩考察取經團隊人選，基本上是把目標定在那些因犯了錯誤而被開除或下獄的官員身上。沙僧的情況，正符合觀音菩薩招聘的標準，所以一拍即合。

按照觀音菩薩一體四象、五行組隊的原則，沙僧屬土，與八戒的木母相對應，應該歸類於金公之象，木母金公組合，與悟空和白龍馬的心猿意馬組合一起，共同構成了唐僧這個一體四象。沙僧既然屬土，為何又被稱為金公呢？土為萬物之母，但卻不可自生，必須有種子才能存活萬物，土生金，因沙僧代表男人之氣，故而被稱為金公。對於一個人來說，土主脾，脾生憂，所以沙僧總是哭都喪個臉，滿腹心事的樣子，被人描述為「青不青，黑不黑，晦氣色臉」。連唐僧向外人介紹他時都說，就是那個「晦氣色臉的和尚」，可見其憂慮之色多麼深重。

如果悟空代表的是一個人的少年兒童時期，八戒代表青年時期，那麼沙僧就代表中年時期。他的形象也符合一個中年人的特點，歷盡挫折，謹言慎行，腳踏實地，埋頭苦幹。他具備了一個成熟男人的氣質，四十而不惑，人到中年萬事休，他除了找份工作混碗飯吃，好像也沒有什麼遠大理想了。悟空有七十二變，八戒雖然減半，也有三十六變，到了沙僧這裡變化就更少了，為什麼會出現這種情況呢？小孩子性情多變，愛幻想，青年人幻想減少，人到中年就性情穩定，不再胡思亂想，當然也就變不出什麼東西來，只不過還保留著一絲雲裡來霧裡去的率性而已。

沙僧，既是一個人男子漢氣概的象徵，也是一個人成熟的表現，他在西遊團隊的作用，看似不起眼，但卻發揮著關鍵作用。一個人只有心性穩定了，才能專心禮佛，最終修成正果。

八戒大戰流沙河：都是灌水的，玩什麼深沉啊

沙僧攀上了觀音菩薩的高枝，被觀音菩薩內定為西遊取經團隊的一員，他就放下心來，一心一意躲在流沙河裡等待取經人的到來。

果然有一天，唐僧騎著白龍馬，帶著悟空和八戒來到流沙河邊。這是師徒幾人西行這麼遠，第一次遇到這麼寬的河流，河上沒有渡船，討論來討論去，也不知道如何渡河。悟空、八戒和白龍馬都會騰雲駕霧，飛過河是輕而易舉的事情，唯獨唐僧肉體凡胎，飛不過去，游不過去，只能乘渡船過去。但八百里寬的河面，別說渡船，連隻飛鳥的影子都沒有，這可愁壞了唐僧，坐在岸邊，連哭的心都有。

正在他們坐在岸邊發愁時，沙僧在流沙河底被他們的吵鬧聲驚了好夢，心裡很煩躁，便從水底鑽了出來，要捉拿這幾個不知好歹的和尚當下酒菜。他跳上岸，也沒有多說廢話，上來就拉開架勢，和八戒動起手來。這一場大戰，很難分出勝負，悟空急忙過來幫忙，結果一棍就把沙僧嚇回了水底。

第二次，悟空想了個計策，他讓八戒向沙僧挑戰，然後詐敗，把沙僧引到岸上來，他再下手生擒沙僧。他們知道，要過這流沙河，就得找熟悉這河流的人引路，如果打死了沙僧，那麼他們連一點過河的希望也沒了。八戒再去挑戰，真的就把沙僧給引了出來，悟空不敢貿然出手，怕嚇跑了沙僧，於是拔根毫毛變了一隻老鷹，想趁沙僧不注意，瞅準機會把沙僧擒來。誰知沙僧非常機敏，還沒等老鷹抓住他，他又鑽進了流沙河底。

道高一尺魔高一丈，當悟空第三次要這樣的花招時，沙僧和八戒從水底打到水面，看到悟空埋伏在岸上，就直接偃旗息鼓，潛回水底了。悟空和八戒沒辦法，只好回到唐僧身邊，另想辦法。

既然取經這事是觀音菩薩張羅的，如今路上遇到了麻煩，當然還得去找她。悟空把這個建議向唐僧彙報後，立即行動，一個跟頭就翻到了觀音菩薩的紫竹林別墅，向她彙報了在流沙河遇到的困難。這事早已在觀音菩薩的預料之中，她把安排好的計畫向悟空簡單介紹了一下，告知那個妖怪也是西遊取經團隊的成員，並派出木吒跟悟空一起去，向沙僧宣讀聘用通知書。

木吒一到，問題自然迎刃而解，沙僧認了師父，正式加入西遊團隊，並用脖子上掛著的骷髏頭項鏈和觀音菩薩讓木吒帶來的寶葫蘆，做了一個筏子，把唐僧渡過了流沙河。到此為止，西遊取經團隊所有在編人員全部到崗，取經團隊正式組建完成。

收服沙僧這件事，有一個細節非常有意思，那就是第一個迎戰沙僧的是八戒，而非本事超強的悟空。表面看是悟空不會水，到水裡走一遭還得唸著避水咒，不適合水戰，其實不然，為什麼這麼說呢？因為沙僧第一次跳出來的時候，並不是打水仗，而是在岸上和八戒過招。後來因為悟空的加

入，他才把戰場轉移到了水裡。其實吳承恩這樣安排，是有道理的，八戒是木母，代表一個人的雌性特徵，沙僧是金父，代表一個人的雄性特徵，兩人是天造地設的一對，雌雄相遇，自然此消彼長，互相抑制。八戒屬木，沙僧屬土，木剋土，八戒是專門用來克制沙僧的，所以和沙僧交戰，八戒便一直擔任主攻手。

沙僧的入隊，意味著一個人一體四象全部健全，開始了漫長的人生之旅。沙僧入隊後，按次序位列唐僧的三個徒弟中最後一位。吳承恩在《西遊記》裡並沒有給出這麼排序的理由。簡單地看，就是按照拜師早晚排的座次，這也符合多數人的收徒習慣。

沙僧的法名沙悟淨，讀出來就是殺無淨，有點殺不乾淨的意思。是渡過流沙河去西天取經的人，沙僧殺不乾淨，還是人的某種慾望殺不乾淨呢？關於這個問題，還隱藏著另一個重大的祕密，我會在以後的章節裡，慢慢爆料給朋友們。

挑擔牽馬：不是最好的員工，但是最敬業的員工

把合適的人放在合適的位置上，是對人才最合理的使用方式。西遊團隊裡，除妖拿怪，化齋討飯的工作由悟空負責，那麼牽馬挑擔的工作，就落在了八戒和沙僧身上。按照能力大小來分工，也算各盡所能，揚長避短。一般情況下，八戒挑擔，沙僧牽馬，有時候兩人也輪流替換。

整個西遊團隊的日常工作是這樣的：悟空在前面開路，觀察各種情況，負責警戒，既當哨兵，又當偵查員，還得負責行進路線的安排；沙僧牽著馬，負責白龍馬安全行走，跟在悟空身後；唐僧騎在馬上，坐鎮指揮，統領全局；八戒挑著行李殿後，負責後勤保障以及各種善後工作。當然，有時候唐僧也自己牽著韁繩，這時候，沙僧就替八戒挑行李。八戒和沙僧兩人的分工，應該由誰牽馬，由誰挑擔，吳承恩沒有詳細交待，我們也無法確定。

其實，八戒和沙僧兩人負責行李馬匹是順理成章的，八戒屬木，對應人體的肝，肝主筋脈，沙僧屬土，對應人體的脾，脾主肌肉，筋脈肌肉，就是負責出力幹活的。一個人勞累了則肝火旺，所以能幹的人常常有脾氣，這些現象都從側面印證了兩人負責出力氣的合理性。至於為什麼八戒挑擔為

主，沙僧牽馬為主，吳承恩的安排也是煞費苦心。八戒是木母，代表著一個人的母性一面，心細周到，負責衣服鞋襪行李這些日常事務，不容易出現紕漏。再加上八戒愛貪小便宜，不肯吃一點虧，他負責行李，保證不會受到什麼損失。沙僧是金公，代表著一個人父性的一面，由男人來馴服馬匹，管理馬匹，也是理所當然的事情。

如果按著傳統的五行理論，唐僧屬水，白龍馬屬火，唐僧騎在白龍馬上，水剋火，水盛則火衰，白龍馬容易萎靡不振，行動遲緩。而沙僧屬土，土剋水，火生土，由沙僧牽馬，能對水有所抑制，有利於白龍馬發揮出自己的水準，同時，白龍馬對沙僧也會有所促進。這樣一來，唐僧、沙僧、白龍馬，三者互為牽制，互相促進，構成一個穩定的三角，支撐著整個西遊團隊的穩固和安全，使之融合成一個完美的集體。如果由八戒牽馬，八戒屬木，水生木，八戒容易得意忘形，木生火，白龍馬也容易藉八戒之勢，滋生縱情驕逸之心，彼此的生剋不平衡，則會出現火旺欺主的現象，導致白龍馬不能安安穩穩地馱著唐僧趕路。

從人的性格來看，如果火盛而無節制，就會性情急躁和欠缺涵養，這種情況下，白龍馬就會表現出龍的一面，故而唐僧騎在白龍馬身上，以抑制其龍性，讓他發揮出馬的特長。如果是八戒牽馬，水生木，木多而沒有節制，就會令他剛愎自用，自以為是。同時，唐僧屬水，在這個三人組合中，水太浩大，雖然聰明有餘，但意志不夠堅定，好動煩躁，不利於團隊的團結和穩定。沙僧屬土，土剋水，這樣就能對唐僧的心情有所約束，令他平心靜氣，心性恬淡，有利於唐僧的修身養性。在三人組合中，唐僧為首領，為陽，白龍馬和沙僧是下屬，為陰，白龍馬過於陰柔，沙僧也是如此，有兩人之合力，才能維持陰陽平衡，使彼此和諧相處。

而從人生的不同階段來看，沙僧代表著一個人的中年，中年男人往往沉著冷靜，不容易衝動，由他來牽馬，比較穩妥，因為唐僧的人身安危，牽扯到整個西遊團隊的命運，照顧好唐僧，是整個西遊團隊的重中之重。中年是一個人人生當中最重要的時期，四十而不惑，什麼意思呢？就是四十歲以後，人就知道了自己會做什麼，能做什麼，不再癡心妄想，慾求過多。沙僧死心塌地，任勞任怨，不挑不撿，默默地做好自己的本職工作，這正是一個中年人的真實寫照。可以這樣說，看到了沙僧，就是看到了人到中年的影子。

行竊人參果：不吭氣不代表我不喘氣

人到中年的沙僧，顯然沒有老年人唐僧道行深，沒有唐僧那麼心性沉穩，沉得住氣。最明顯的例子莫過於師徒幾人在五莊觀對待人參果的不同態度上，唐僧送給他也不吃，八戒堅決主張偷吃，悟空支持八戒偷吃的主張，沙僧的態度最有意思，不反對偷吃，但你們偷來我就吃。

說起五莊觀，很多人可能會認為那是個神祕的去處，有鴻蒙初開就遺留下來的一棵巨樹，上面結滿了人參果，人要是聞上一聞，就能活三百六十歲，吃上一顆，就能活四萬七千歲。簡直是神了，比DNA基因轉變還神奇。其實，神話被描寫的故事對象，是吳承恩一貫的伎倆，如果還原事物的本來面目，你就會發現，五莊觀原來不過是農家園圃，有菜園、花園、藥園、果園、苗圃，為此才稱五莊觀。所謂的人參果樹不過是何首烏之類的可做為中藥的植物，有延年益壽，促進人身體健康的功效而已。聞一聞能活三百六十年，大概為一年之數，吃一個能活到四萬七千年，正好一百多歲，也就是長壽老人的意思。這樣寫不外乎是說，這個莊園種植的水果蔬菜都是綠色有機食品，沒有污染，營養價值高，吃了有利於身體健康。

唐僧師徒幾人來到五莊觀投宿，八戒慫恿悟空去偷人參果，悟空偷了三顆，回來後，悟空就讓八戒把沙僧也叫來了。悟空問他，你見過這東西嗎？沙僧就說這叫人參果，在王母娘娘舉辦的蟠桃宴上，曾經見過，但沒吃過，希望悟空給他一顆品嚐一下。悟空最講義氣，於是兄弟三人一人一顆人參果。八戒貪吃，一口就把人參果吞下了肚，沒來得及品嚐出什麼滋味，反倒勾出了肚裡的饞蟲，就請求悟空再去偷幾顆回來，但悟空沒有答應。

對待人參果的不同態度，也反映出師徒四人性情的不同。唐僧一心想修身成佛，在不瞭解人參果的底細時，當然不敢輕易吃掉外形像小孩子一樣的東西。悟空偷竊人參果，明顯是為了滿足好奇心，還想在師弟們面前炫耀一下自己的本事，至於八戒，純粹是因為嘴饞，想一飽口福。沙僧的心情則就複雜得多了，他曾當過凌霄寶殿上的捲簾大將，雖說是個掀門簾的，也算見過大場面，這些奇珍異果見得多了。但因為自己地位低下，只能飽飽眼福，並沒有吃的資格，自尊心自然會受到極大的傷害。即便是悟空偷來的人參果就在眼前，他也不能肯定有自己的份，所以他謙卑地等待悟空的給予。好在悟空很夠義氣，早已想到了他，這讓他的自尊心得到了很大的滿足。從這件事後，他開始對悟空另眼相看，既佩服又尊重。

從對待人參果這件事的態度上，我們就可以大致看出沙僧的性格。悟空問他在哪裡見過人參果時，他不露聲色就把自己原來的工作介紹了一遍，目的明顯是為了彰顯自己的閱歷，害怕悟空瞧不起他。但他也知道自己地位卑微，很沒有自信，還不敢與悟空和八戒平起平坐，所以心裡想吃人參果，只能低聲下氣地向悟空索要，而不是像八戒那樣，直接請求悟空去偷。地位的低下，也造成了

沙僧唯唯諾諾的性格，凡事都以附和為主，不敢自作主張，也不會自作主張。不像悟空和八戒那樣，性格鮮明，什麼話都敢說，什麼事都敢做，口無遮攔，毫無顧忌。這也是八戒想吃人參果為何不找他商量，只和悟空私下嘀咕的原因。

沙僧在西遊團隊裡，同樣地位低下，這也導致他只能隨大流，別人怎麼做，他跟著就是，有了功勞他沾點光，有了錯誤別人頂著，也沒他什麼事。這樣的角色，也使得沙僧在團隊裡人緣還不錯，這也多少讓他找回一些自信和自尊，能夠坦然地面對自己的工作。雖然挑擔牽馬是一個出力氣的工作，不如原來在天庭掀門簾的工作體面氣派，但活得卻比較有尊嚴了。

義葬師父：

有的手用來鋪路，有的手用來挖墓

俗話說，妖由心生，俗話又說，疑心生暗鬼。果不其然，當唐僧師徒西天取經來到隱霧山時，唐僧看到大山心生驚恐，將山中颳風看做是妖風，山中的霧看做是妖氣，結果真的就引出一個妖怪來。這個妖怪就是隱霧山折嶽連環洞裡的一頭艾葉花皮豹子精，自稱南山大王。

就像悟空說的那樣，南山可不是隨便可以自稱的，人們祝願老人長壽，也僅僅敢說「壽比南山不老松」，充其量只是南山的一棵松樹，一個妖怪竟然敢稱南山大王，這還了得？

《西遊記》裡，唐僧師徒所遇到的妖精，大多是太上老君、觀音菩薩等上層權力機構設下的圈套，目的是考察唐僧的工作態度，這些妖精因為有強硬的後臺，所以最後都被救走了，只有為數不多的妖怪，沒有什麼背景和根基，進而丟了性命。這個南山大王，就屬這類，最終也沒有逃脫被滅的命運。

這個南山大王，本事不大，也沒什麼出奇制勝的法寶，智力水準也一般，但他竟然也想吃唐僧肉。他唯一可依靠的資本就是有一個狗頭軍師，這個軍師能給他出一些小計謀。

他們耍的第一個陰謀就是調虎離山計，把悟空、八戒、沙僧都從唐僧身邊調開，趁機搶走唐僧。接著又用柳樹根冒充唐僧的人頭，妄圖欺騙悟空。被悟空識破後，妖精們又用一顆骷髏冒充唐僧的腦袋，扔出來欺騙悟空他們三人。這一次，悟空三兄弟真的相信了，還像模像樣地給唐僧辦了一個簡單的葬禮。八戒用釘耙刨了個土坑，把唐僧的假腦袋埋進去，並找來柳樹枝當松柏，找了幾塊鵝卵石當祭品，用來祭奠唐僧。然後悟空讓沙僧守墳，自己和八戒一起去尋找妖精報仇雪恨去。妖精本事不大，當然打不過悟空和八戒，不過他打不過就跑，躲回洞裡不出來，即便打死也要當縮頭烏龜。

妖怪不出，並沒有難倒悟空，他想到妖精堵上了前門，肯定還留有後門，否則沒有空氣進入，憋也被憋死。於是他找到妖精洞穴的後門，變了一隻老鼠鑽了進去，然後經過竊聽才知道，唐僧並沒有死，於是把老妖和小妖等一干妖精都催眠了，不僅救出師父，還救出了一個打柴的樵夫。之後跑回洞裡，把老妖捆綁起來，背到了八戒和沙僧的面前，最後被八戒一頓釘耙，給打成了肉餅。到此，唐僧「死」後重生，師徒總算又團聚了。

我在閱讀《西遊記》時，對這一情節總感到困惑，弄不明白吳承恩寫這次劫難的目的和用意是什麼，也不知道艾葉花皮豹子到底是什麼來歷。後來偶然翻看一本中醫古籍，突然發現，原來艾葉花皮豹子，就是民間治療失眠的艾葉枕頭。這才令我恍然大悟，原來唐僧得了一場大病，昏迷不醒，差點讓悟空等人給埋葬了。

《西遊記》既然寫的是一個人從小遁入空門，修行成佛的過程，自然免不了要克制人生的各種慾望。剪除六賊、三打白骨精、子母河受孕等，都是克制自身慾望折磨的表現。這次唐僧身陷隱霧山折嶽連環洞也不例外，是內心世俗慾望和修身養性矛盾鬥爭的結果。唐僧身為和尚，沒有後代，等他百年之後，自然沒有孝子賢孫為他披麻戴孝，入殮抬棺，養老送終。古人最怕死後沒人給出殯，養兒為防老，防的就是怕沒有兒子就無法入土為安。這一心思，到老來尤其強烈，竟讓他憂思成疾。

本來，唐僧師徒四人都是出家人，沒有必要講究世俗那一套，但悟空、八戒和沙僧卻正經八百本地為唐僧辦了一個出殯的儀式，當了一回孝子賢孫。這樣做極大地滿足了唐僧的心理和精神的需求，並用艾葉枕清除了心火，病自然也就好了。

沙僧在這次給師父出殯的過程中，表現中規中矩，做為一個孝子，為師父守墳，天經地義，但做為一個出家人，這樣做可是有違常規的。古代有一個規矩，父母去世，孝子要守三年墳，這期間是不能隨便參加社會活動，更不能出遠門去打工。顯然，沙僧守孝是按照世俗人的做法去做。邁過了因為出家沒有後代為其養老送終這一心理關，唐僧又克服了這種世俗的慾望，向修成正果，邁出了堅實的一步。

通天河鬥妖：飛行隊員裡的游泳冠軍

西遊團隊裡，除了白龍馬，就數沙僧的水性好，可是他騰雲駕霧的本領卻是最低。正所謂尺有所長，寸有所短，只有知人善用，揚長避短，才能最有效地發揮一個人的長處。所以在西遊團隊中，悟空經常找機會給沙僧，讓他發揮自己的特長，展現自己的實力。通天河鬥妖，就是沙僧表現自己的一次很好的機會。

悟空的水性實在一般，如果想要到水裡活動一番，就要口唸避水咒，用現在的話說，要穿上潛水衣，這令他在水裡的戰鬥力大打折扣。悟空不能出戰，正好給了沙僧機會，他可是水下游泳高手。通天河遇阻，靈感大王龜縮河底，並用凍結河流的方式，騙取唐僧信任，然後拘留了唐僧。要救出師父，首先就要誘出靈感大王，把他騙到陸地上，這才能讓悟空發揮自己的特長。所以這個任務自然就落在沙僧的身上。

沙僧潛入水底挑逗靈感大王，顯得非常賣力，難得有一次表現自己的機會，當然要牢牢抓住。沙僧在西遊團隊裡地位最低，只剩尊嚴這最後一根救命草，他必須為尊嚴而戰。物以類聚，人以群分。像唐僧和悟空這樣的大人物自然不必說，他們可能有身分，可能有地位，可能有權力，可能有金錢，也可能有出眾的才華，憑藉這些就能夠輕鬆贏得尊重，獲得尊嚴。

而像沙僧這樣的小人物，靠什麼來贏得和維持自己的尊嚴呢？人們常說工作沒有高低貴賤之分，其實是最大的謊言，這不過是對那些底層百姓們的麻痺和安慰罷了。正是因為底層的百姓們沒有尊嚴，所以他們才要拼命地贏得尊嚴，維護尊嚴。正是上述心理的作用下，沙僧在水下與靈感大王的打鬥，非常精彩，他曾對悟空表決心說，「哥哥放心先去，待小弟們鑑貌辨色。」他和八戒互相配合，各施殺招，合兩人之力，才與靈感大王打個平手。沒辦法，他們只好詐敗逃跑，試圖引誘靈感大王離開水面，交給悟空去收拾他。

沙僧和八戒為何擅長水戰，而悟空卻不行呢？正如《西遊記》中所介紹的那樣，沙僧屬土，土剋水，所以在水底行走如履平地；水生木，木旺開花，八戒屬木，在水裡就更有精神。正是因為有沙僧甘當人梯，才有悟空的大顯神通，正是有了唐僧的宅心仁厚，才有八戒的自在和白龍馬的靈秀。五行相生，成就了西遊團隊的輝煌。

通天河，自有通天之處。這條河實際上是觀音菩薩的祕密通道，所謂的靈感大王，不過是禮的代名詞，沙僧和八戒本事再大，也鬥不過禮，沒有禮，一切白搭。這事明擺著，唐僧師徒要想過這一關，不給觀音菩薩送禮是不行。沒有禮，就凍結你的帳戶，拘禁法人代表，查你的帳目，什麼時候把禮送到了領袖的籃子裡，什麼時候再提過河這件事。在這樣複雜的人事關係裡，沙僧這樣的小角色，無論怎樣賣命，也是徒勞無功，這就註定了小人物的悲哀。尊嚴總是留給那些神通廣大的上層人物，最後收伏靈感大王的功勞，還得歸到觀音菩薩和悟空的頭上。

大戰青龍山：
我是挑擔的，沒我什麼事

唐僧師徒的取經團隊到了金平府，正是春節後正月十三，很快就要到元宵節了。他們住在慈雲寺裡，白天遊山玩水看風景，打掃佛塔，到了正月十五元宵節晚上，就進城逛街看花燈，玩得不亦樂乎。眾人看花燈時，只要起風，就會以為佛來了，紛紛迴避，唐僧不僅不迴避，還要納頭便拜，磕頭如搗蒜。結果，樂極生悲，被前來偷油的三個妖精捉了去，藏到了青龍山玄英洞裡，準備洗淨吃掉。

悟空、八戒和沙僧見沒了師父，自然著急。於是，悟空順著風一路追去，探尋師父的下落。他追到天亮，風突然停了，於是降落在一處山崖上，尋找路徑。這時他看見有四個人趕著三隻羊走了過來，孫悟空用他的火眼金睛仔細一看，原來是年、月、日、時四位功曹變的，他們是特地來告訴悟空，這座山叫青龍山，山上有個玄英洞，你師父被洞裡的三個犀牛精捉去了，那三個犀牛精分別叫辟寒大王、辟暑大王和辟塵大王。悟空打聽到了師父的下落，就趕了回去，原本想睡個好覺，等天亮後再去捉拿妖怪，救出師父。沙僧卻說，夜長夢多，萬一夜裡妖精們把師父吃了，豈不是追悔莫及。

悟空聽了覺得有道理，就和八戒、沙僧，趁著夜色掩護，急急忙忙趕到妖精的老巢，叫門討戰。經過一陣激烈的廝殺，八戒和沙僧被妖精活捉了，和唐僧綁在一起，只有悟空趁機逃了出來，跑到天上去搬救兵。他透過太白金星走了玉帝的後門，玉帝派出二十八宿中的角木蛟、井木犴、奎木狼、鬥木獬前去捉拿妖怪，加上西海龍王出面幫忙，最後才打敗了三個犀牛精，救出了唐僧，並讓金平府的百姓看清了所謂佛取燈油的事實真相。

最後剿滅犀牛精的戰鬥，並沒有八戒和沙僧什麼事，全是悟空靠自己的面子請來的援軍立下的功勞，這回他們只當了一次看倌。一是人多勢眾，用不著他們，二是他們也幫不上多大的忙，不如照看師父，圖個省心。

在這個事件裡，三個妖精並非是上層安排來考驗他們師徒四人的，是當地土生土長的三隻犀牛。這三隻犀牛，據說特別愛乾淨，每天都要去河裡洗澡，名字也特別有趣，辟寒、辟暑、辟塵。那麼這三個犀牛精到底有什麼來歷呢？吳承恩的用意又是什麼呢？

原來，唐僧正月十五元宵節看花燈，樂極生悲，被感染了天花。人得了天花，自然是害怕油膩，要避寒避暑，要遠離塵世生活，最好的辦法就是種牛痘。那三個犀牛精，其實就是天花病毒的代名詞，人類感染的天花，多是牛身上攜帶的，人接觸後被傳染，然後就會在人群中大規模爆發。這是一種可怕的瘟疫，很多人得了天花就會喪命，如果能活下來，治癒後會留下滿臉的疤痢。

出家人也和世俗人一樣，該得什麼病就得生病，天花也同樣一視同仁。那麼，吳承恩寫這個故事

還是為了告誡那些出家人，不能過分貪圖塵世之歡，少去湊熱鬧，如果哪裡人多就往哪裡湊，免不了會沾惹塵世俗氣，傳染上世俗之病。

玉帝派來的四大高手，其中兩個去追捕犀牛精，另外兩個解救唐僧、八戒和沙僧。得救後，唐僧拜了好多拜，以表示感謝，結果又被八戒奚落，他說，「禮多必詐，你就別拜個沒完了，要不是你不分青紅皂白，看見佛就拜，也不至於被妖精捉去。」本來，民間有個說法，禮多人不怪，但是人要是禮多了，那肯定是內心有慾望，有所求了。八戒的話，也印證了這一點。

唐僧被妖精捉去，是值日功曹的三陽開泰為悟空指點的迷津，這很有意思，三陽開泰，明顯指的是陽氣上升，春回大地。這個時節，正是天花等瘟疫容易爆發的時候。得了天花病，只靠人的自身免疫力，很難抵抗恢復，還要藉助一些外部力量。當然，古人治療天花也沒什麼好辦法，一般來說，就是進行隔離封閉，避寒、避暑、不能與人接觸，飲食要避免油膩，唯一的預防辦法就是接種牛痘。這些都與故事中的情節相吻合。

唐僧感染了天花，自然就會牽扯到八戒和沙僧，因此，他兩人也陪著唐僧一塊被綁了。究其原因是兩人代表了一個人雌雄二性，代表了一個人的肝臟和肌肉皮膚。人有病，天要是知道了，那他就得救了。所以最後還是玉帝幫忙，讓唐僧師徒得以脫險。

花果山尋兄：不是我憨厚，是老闆的紅包厚

悟空第二次被開除，結果惹來了大麻煩，真悟空沒有回到花果山，還在觀音菩薩那裡訴苦，假悟空就已經跑上門來。他打暈了唐僧，搶走了包袱行李，打算自己組團，去西天取經。就這樣，一個山寨版西遊取經團隊誕生了。

唐僧被打暈，並被打了劫，當然不知道冒出了個假悟空，還被蒙在鼓裡，以為是真悟空的報復行為。認定了這一點，他當然不會原諒悟空，但也沒辦法，只好派沙僧去花果山討回包裹行李，如果悟空不歸還，就讓沙僧去觀音菩薩那裡告狀。

唐僧為什麼非得要回包袱呢？忍一忍，讓一讓，帶領八戒和沙僧繼續西行取經不就沒事了嗎？他當然不能忍，必須要討回包裹，因為裡面有通關文件，也就是出國護照。沒有了護照，就成了偷渡客，更別提取經了。換一種說法就是，悟空搶走的通關文件，就是西遊公司的營業執照，沒了營業執照，就是非法經營。可見，唐僧無論如何都必須討回通關文件。

如此重要的任務，唐僧為什麼沒有派八戒去，而是讓老實的沙僧去呢？八戒曾經去過花果山，輕

車熟路，不是更方便嗎？可是唐僧對八戒不放心，認為八戒平時就經常與悟空鬥嘴，關係不和睦，萬一和悟空鬧僵了，就更不好辦了。唐僧還是覺得沙僧為人謙和，辦事穩妥，可見他對沙僧還是非常信任的。

沙僧離開師父，騰雲駕霧來到了花果山上空，正好看見悟空坐在一塊石頭朗誦唐僧的通關文件，於是按下雲頭跟悟空打招呼。誰知悟空沒有理他，而是命令猴子兵把他捉拿到眼前，然後審問他是何人，竟敢私闖洞府。沙僧以為悟空翻臉不認人，故意裝作不認識他，於是他開始對這個山寨版悟空展開了情感攻勢。

沙僧先數落了一通唐僧的不是，說都怪師父，不應該趕走大師兄，並說師父已經後悔。接著，檢討自己，說自己沒有勸阻師父，沒有盡兄弟之誼。最後，委婉地批評悟空，不應該打暈師父，搶走師父的包裹。從師父到自己，再到悟空，滴水不漏地檢討了一番各方錯誤，話鋒一轉，就勸告悟空說，「你要想回去，咱們就一起回去，你要不願意回去，就把包袱給我，你在花果山過你的舒坦日子，我們繼續吃苦受累，完成取經這件事。」

山寨版悟空的回答出乎他的意料，悟空說，「他搶來通關文件，是為了自己去取經。」沙僧接著勸悟空說，「取經的人員是如來佛祖和觀音菩薩內定的，經書只給唐僧一個人，你去了，也不給你經書啊。」山寨版悟空早有準備，他說，「你們有唐僧，我也有啊！」接著請出了山寨版的唐僧，後面緊跟著八戒和沙僧。沙僧見狀大怒，心想，我沙僧頂天立地一條男子漢，行不改姓，坐不更名，怎麼會跑出第二個沙僧呢？一怒之下，舉起禪杖就把山寨版的自己給打死了，這下惹惱了山寨版的悟空，一陣亂棍，把沙僧給轟了出來。

沙僧被趕出花果山，只好來到觀音菩薩那裡告狀。他在觀音菩薩的駐地發現了悟空，以為悟空趕在他前面惡人先告狀來了，於是，掄起禪杖就追打悟空。悟空也不還手，只是躲開了攻擊，多虧觀音菩薩攔住他，他這才詳細向觀音菩薩彙報了事情的經過。

觀音菩薩告訴沙僧，悟空一直沒有離開他，如何去搶師父的通關文件呢？肯定出現了假冒事件。於是，讓沙僧陪著悟空一起，回花果山看個究竟。沙僧對此事半信半疑，所以與悟空寸步不離，到了花果山，果然看到了另一個悟空。於是兩個悟空立刻打了起來，沙僧傻了眼，他也弄不明白哪個真，哪個假，不好當幫手，只好返回唐僧駐地，向他彙報真實情況。

沙僧這次辦差，是他第一次出門，獨立完成工作。總體來看，辦的還不錯，雖然沒有勸回悟空，要回包袱，但搞清了事實的真相。他在唐僧面前，幫助悟空洗去了冤情，為後來唐僧和悟空師徒和好，打下了基礎。

四聖遭厄運：天生我材必有用，怎奈老闆不用

唐僧拜佛心切，路上只要看見佛，哪怕沾個佛的影子，就要拜上一拜，而且特別固執，不聽悟空勸阻，為此吃了不少苦頭。在小雷音寺兩次被捉，就是如此。唐僧看見佛光寶地就會心花怒放，喜不自勝，尤其是見到小雷音寺，一高興就以為是雷音寺，把「小」字都給忽略了，顧不得悟空的勸阻，進門就拜。結果拜錯了佛，拜了一個妖精，這才鬧出四聖遭厄難這一場大戲。

當然，唐僧的心情可以理解，耗費十幾年工夫，歷盡千辛萬苦，行程幾萬公里，到如今連個如來佛祖的影子都沒看到，一見雷音寺幾個字，簡直比見了親娘還親。哪裡還顧得上真假，有奶就是娘，有佛就得拜，萬一拜對了，取了真經，好早早回家，省去這奔波之苦。他是肉眼凡胎，只要看到外表一樣就可以，至於骨子裡是什麼東西，只有悟空的火眼金睛才能看得清楚。

小雷音寺被困這個故事，還蠻有意思的。唐僧師徒四人，每個人在這件事中表現都不一樣。唐僧不用說了，心情急切，妖由心生。悟空早早就發現其中有詐，但阻攔不住唐僧，只好作罷。八戒的態度是縱然不是靈山雷音寺，也有好人居住，說這話的目的不過是為了進去討口飯吃。沙僧的態度是不必多疑，反正得從門口路過，到時候一看不就知道了。

一般情況下，人與妖怪要保持距離，否則的話，一旦靠近，就等於逼著妖怪變形，一旦變了形，就難對付了。所以悟空一再勸阻唐僧，不要進去，恐怕是好進不好出。果不其然，這個小雷音寺裡，還真有妖精設下的圈套。

整個事件過程中，都沒有沙僧什麼事，陪著唐僧被捉，然後被悟空救出，接著再被捉，再被救出。其實這也怪不得他，吳承恩沒有給他安排與妖精決鬥的任務，他也只好老老實實地看著悟空一個人唱獨角戲了。

這場戲的內幕，是大笑星彌勒佛安排的，理由也不外是為了考驗唐僧取經的誠心。妖精是彌勒佛他手下一個敲磬的，叫黃眉小童，自稱黃眉老佛，人送外號黃眉大王。他將自己變成如來佛祖的模樣，騙唐僧入套，如果不是被悟空拆穿西洋鏡，還真不知道這場戲接下來怎麼演。

悟空除這一怪，不知道為什麼，突然不好意思去找觀音菩薩和玉帝這些最高權力擁有者，只能動用各種關係，請來一些無名之輩來助戰，並且多次躲到一邊流眼淚，這種情況非常少見。這還第一次聽說，以往他只要有點難題，一個跟頭就跑到了觀音菩薩那裡去訴苦，或者跳上凌霄寶殿找玉帝，這次突然變得靦腆了起來，而且第一次看見他傷心抹淚，不知為何如此。

其實，我們要深究起來，悟空這次傷心失望，並不是他自己傷心失望，而是取經人的傷心失望。一個從小就遁入佛門，出家當和尚的人，修行了大半輩子，受盡煎熬，吃盡苦頭，卻連個佛的影子也沒見到，反而被一個黃眉小孩給欺騙了，那種上當受騙的滋味，當然不好受。為此灰心喪氣，傷

心落淚，也在所難免。悟空既然是人的心猿，肯定就代表了一個人的所思所想，由他來表現那種傷心，再恰當不過了。整個故事，其實就是在考驗出家人禮佛的恆心和毅力，看他有沒有耐心堅持下去，直到修成正果。

整個事件經過，其實就是兩種心理的矛盾和鬥爭。悟空先後請來了道教的神和淮河岸邊盱眙城裡佛教的弟子來幫忙，都無濟於事，還是彌勒佛親自出面，才解決的問題，可見思想鬥爭的激烈程度。悟空為此陷入了彌勒佛的金鐃之內，被鐃鈸之音洗了半天腦，後來又被裝進彌勒佛的後天袋，灌輸了一陣子後世輪迴之說，終究未能征服悟空，直到唐僧最後服了氣，向悟空表態，以後一定聽他的勸告，這才算了事。

當然，這場厄運中，唐僧師徒四人所遭受的遭遇是不同的。除了唐僧、八戒、沙僧受了點困頓之苦外，更多的是悟空所受的心理磨難。唐僧、八戒、沙僧代表人的肉身，而悟空代表的是一個人的心智，修行禮佛的恆心和毅力，主要是來自心智。所以，重點考驗悟空，也就沒什麼奇怪的了。

金身羅漢：你買得了我的時間，買不走我的傳說

取經成功，論功行賞，沙僧被提拔為金身羅漢，比他原來在道教中的官職捲簾大將，級別高多了。所以他非常滿意，沒有像八戒那樣，提意見發牢騷，而是心滿意足地接受了新的工作安排。

沙僧雖然出身時官職低微，但他也是一個有故事的人。綜觀他在整個西遊取經過程中的表現，雖然沒有悟空和八戒那麼吸引目光，但也沒犯下什麼大的錯誤，表現可謂中規中矩。

唐僧師徒四人，都在一個團隊裡混，表面看似地位差不多，其實差別大得很。從他們最後的封賞上就能看得出來，他們彼此根本不是一路人。雖然他們最後都安排在佛門工作，但因出身不同，結果大相徑庭，唐僧就不用說了，本身就來自佛門，所以被提拔到佛的行列。悟空原來的地位很高，是齊天大聖，所以也提拔到佛的隊伍裡。而八戒原在天庭當天蓬元帥，地位中等，這次被提拔為使者級別，沙僧原來在天庭只是一個掀門簾的小官，所以這次提拔的級別也最低，給了羅漢級別。按資排輩，是政界永遠難以打破的規律。

生物界有這樣一個有趣的故事：在大雁生活棲息的地方，一般沒有鴨子，為什麼會出現這種現象

呢？因為鴨子認為自己是大雁的同類，總是忍不住要加入大雁的行列，混跡其中，以彰顯自己的地位。大雁們喜歡長途跋涉，飛行累了，就落下來休息，而鴨子們的嘴是閒不住的，只要落地，就開始呱呱亂叫，喋喋不休，害得大雁們根本無法休息，只好另尋棲息之地。鴨子們不知趣，也緊跟著趕了過去。這樣三番五次，大雁就厭煩了，開始躲避鴨子，鴨子也惱怒了，以為大雁清高，看不起人，最後只好悻悻離開，從此井水不犯河水。這個故事告訴我們，不同階層的人，有著各自不同的文化教育背景，不同生活方式，把這些強扭在一起，表面看彼此融合的還不錯，其實內心的隔閡還是很深。沙僧就是西遊團隊裡的「鴨子」，一旦集體的任務完成，他自然就會離開。

從一體四象的角度來看沙僧，他被封金身羅漢，也是非常合理的。四象包括幻象、物象、道象和虛象。一般來說，先形成道象，緊接著產生幻象，進而確立物象，最後進入虛象，虛象終了又開源，形成新的四象輪迴。按照這個次序，我們就會一目了然，悟空是道象，從石頭縫裡蹦出來，居於物界和人界；白龍馬是幻象，由小白龍幻化而來，穿梭於佛界和魔界之間；八戒是物象，豬身人心，居於物界和人界；沙僧是虛象，既是絕對的無，又是無限有的開始，所以沙僧法名沙悟淨，就是殺不淨的意思，無中生有，新的輪迴開始。他五行屬土，土是萬物之母，他既是終結，也是開始。所以沙僧最早接受觀音菩薩的訓誡，進入佛門，又最後一個成為唐僧的弟子。

四象中，沙僧代表著虛象，既是終結也是開始，故而他地位最低，同時又牽著白馬，走在唐僧前面。五行中，他代表著土，對應著人體的脾，是人的脾氣的表現，也就是說，他是一個人男性特徵的化身，是男子漢氣概的具體外化。而對於一個人的一生來說，沙僧代表著人到中年，是一個成熟的中年男子形象。綜合以上各種因素，最後如來佛祖封沙僧為金身羅漢，再恰當不過。

吳承恩描畫的沙僧形象，總給人以苦行僧的感覺，不惱不怒，不急不躁，默默無聞，任勞任怨，既像一個員工，又像一個奴才，好像有他不多，沒他不少。其實，西遊取經團隊做為一個組織，還真少不了他，拋開五行生剋不說，單從組織的合理性來看，也離不開他。沙僧是和事佬、潤滑劑，沒有他，唐僧與悟空之間，悟空與八戒之間，彼此的矛盾就會無法調和。任何一個團隊，都離不開這樣的人。

從一個人一生的成長過程來說，人到中年也是非常重要的階段，尤其是對於一個出家人來說，腳踏實地，克制住各種表現的慾望，埋頭修練，才能為老來修成正果，打下最牢固的基礎。

第六章

盤絲洞盤踞蜘蛛精

——我要那諸佛，都煙消雲散

千年神龜創作的鐵達尼號古代版

六賊無蹤：我是你對門的小妖

世上本沒有魔，說的人多了，也就有了魔，故而妖由心生，魔從心來。唐僧從五行山下救出悟空，在路上第一次遇到妖怪，就是遇到六賊。他們原是一夥攔路搶劫的劫匪，分別叫做眼看喜、耳聽怒、鼻嗅愛、舌嘗思、意見慾、身本憂。他們攔住唐僧和悟空，只圖財，不害命，止所謂，此山是我開，此樹是我栽，要想從此過，留下買路財。說白了，就是想收取一些過路費。

這六賊見悟空不僅不想破財，還要分他們費勁力氣打劫來的財物，於是氣得喜的喜，怒的怒，愛的愛，思的思，慾的慾，憂的憂，也就是悲喜交加，喜怒無常。什麼人能有這度量，生氣了還能喜、還能愛呢？要說怒一怒、憂一憂也就罷了，多少還符合點人之常情，怎麼會又愛又恨呢？分明來得蹊蹺。難道愛的是唐僧的財物，恨的是悟空不懼強勢，捨命不捨財？仔細分析，既是也不是。

很顯然，這六個毛賊，指的就是佛家的六根，眼、耳、鼻、舌、意、身，在生理學上指人的神經感官。關於這一點，每個人都清清楚楚，人的眼睛有視覺神經，耳朵有聽覺神經，鼻子有嗅覺神經，舌頭有味覺神經，身體有觸覺神經，大腦有意識神經。這些神經，都是人們感受外界事物的媒

介，所以被佛家稱為六根。六根產生六欲，故而有了眼看喜、耳聽怒、鼻嗅愛、舌嚐思、意見慾、身本憂。佛家認為，正是這六根產生的六欲，導致人心生煩惱，痛苦不堪，由此有了各種罪孽。

出家人修行，為什麼要六根清淨呢？因為出家人修持的入門工夫，就是修身和修心。修心就是把人內心產生的不好念頭克服掉，也就是禪定。修身也不難理解，就是克服掉不好行為，去掉不好的毛病，也就是修行。禪定修行，在一般人眼裡，就是為了克服七情六慾。修行的主要功課是持戒，就是堅持戒掉某些行為習慣，主要目的就是守護六根之門，不讓喜怒哀樂從眼、耳、鼻、舌、身、意的感官神經進入人的思想意識，那樣就沒什麼慾念和禍亂產生了。

當然，做為一個活生生的人來說，是很難做到六根清淨的，如果沒有了五官對外界事物的感知，人不就成了植物人？佛家的六根清淨，不過是要求修行的人，不要讓自己的生理官能輕易被觸動，被誘惑。但要做到這一點，不下一番真工夫，沒有一個高境界，當然是達不到的，所以信佛修行的人很多，而得道高僧卻寥寥無幾。

悟空打殺的眼看喜、耳聽怒、鼻嗅愛、舌嚐思、意見慾、身本憂這六個毛賊，就是說明出家人要六根清淨。唐僧抱怨悟空打殺六賊，說明一個剛入佛門的人開始修行，還無法徹底排除人的感官帶來的刺激，做不到不為塵世七情六慾所誘惑。

吳承恩安排的這次師徒矛盾，顯然是在寫一個人初入佛門，剛剛接受佛門戒律，還有些不適應，內心產生了矛盾和思想鬥爭。理智要求自己要堅決清淨六根，而情感卻有些戀戀不捨，這才有了唐僧抱怨悟空不該輕易殺生，悟空負氣出走，進而引發師徒矛盾的事情發生。

黑熊偷袈裟：都是炫耀惹的禍

《西遊記》裡的妖怪，可謂五花八門，各具特色。唐僧西遊取經的路上遇到的第一個真正的妖怪，應該算是黑風山熊羆怪了。

說起這個熊羆怪，也算是有些道行的，他隱居黑風山，與觀音菩薩的私家莊園觀音禪院做鄰居，還與觀音禪院的師祖是好朋友，兩人經常在一起參禪論道。這個熊羆怪，除了順手牽羊偷了唐僧的袈裟，平時也沒做過什麼壞事，應該算是一個不錯的妖怪。

唐僧這次丟袈裟，也不能全怪熊羆怪見財起意，很大的責任應該歸於悟空，都是他炫耀惹的禍。觀音院的師祖為了在唐僧師徒面前炫耀自己的收藏，辦了一次規模盛大的袈裟展覽，大秀自己收藏的幾百件外套。悟空不服輸，決定拿出師父的袈裟與老和尚比個高低。但唐僧是一個見過世面的人，知道這裡面的輕重厲害，他急忙攔住悟空說，「咱們不要與人鬥富，萬一有個意外，那可是吃不了兜著走的。」

悟空哪裡在乎這些，他爭辯道，「不就是看看袈裟，能有什麼大不了的。」唐僧沒辦法，只好繼

續開導悟空說，「古代人都說，珍奇好玩的東西不要讓那些貪婪奸偽的人看見。一旦讓那樣的人見了，一定會動心，心動了就會行動，如果他向你索要，你不給的話，就有殺身滅門的危險。」可是悟空依舊不聽勸告，執意要參加老和尚舉辦的袈裟秀。果不其然，觀音院的師祖一見唐僧的袈裟，立刻愛不釋手，非要佔為己有不可，這才設計要燒死唐僧師徒，進而給了熊羆怪順手牽羊的機會。

本來，熊羆怪也不是專門來偷袈裟的，他看到觀音禪院失火，一片好心來救火，到了火災現場他才發現，原來是有人故意放火，這火是不需要救的。沒想到無意中看到了閃閃發光的袈裟，他立即認出這是一件寶貝，看看四下無人，來了個趁火打劫，抄起袈裟一溜煙跑回了自己的洞府。

熊羆怪得了袈裟，如果藏匿起來，深藏不露，咬定不是自己偷的，大概悟空也奈何不得。可是熊羆怪得了寶貝，就得意忘形了，不拿出來向朋友們炫耀一下，心裡也會癢癢。他急不可耐地把他的狐朋狗友邀集一起喝茶，召開一個新聞發表會，宣布要效仿觀音院師祖，也辦一個袈裟展覽會，並美其名曰「慶賞佛衣會」。無巧不成書，正在他召開新聞發布會時，悟空為了尋找袈裟也趕到發表會現場，袈裟的下落被他弄了個一清二楚，剩下的事情，只是要找熊羆怪討要了。

來硬的，悟空沒有討到便宜，他只好把難題上交給領袖，由觀音菩薩出面，才收服了熊羆怪，要回袈裟。這期間，觀音菩薩也像對待悟空一樣，給熊羆怪戴上了一個緊箍兒，令他服服貼貼。同時，因為熊羆怪與觀音菩薩的私宅觀音院做鄰居，因禍得福，被觀音菩薩招聘去當了一個守山大神。

還是那句話，妖由心生。吳承恩筆下的熊羆怪，也不能例外。悟空既然是一個人的心猿，那這次遇到熊羆怪，自然也是他內心慾望作怪的結果。觀音菩薩收伏熊羆怪的手段，也不外乎是讓悟空變成一粒仙丹，然後騙熊羆怪吃下，鑽進了他的肚子裡進行一番折騰，才讓熊羆怪心服口服。

所謂的熊羆怪，不過是一個人的陰暗心理活動，誇富鬥寶，滿足自己的虛榮心。就如唐僧所言，熊猿一家，悟空產生了愛炫耀的心理，熊羆怪就將其發揚光大，意思是你觀音院老僧能辦袈裟展覽，我悟空為什麼就不能舉辦袈裟秀呢？你行，我比你還行。這種虛榮心也是出家人慾望的一種，也需要徹底清除，才能把持住自己的心性。

三打白骨精：
別以為看輕了自己就成了天使

是人就會有出身，有家庭，有父母，即便是唐僧這樣的出家人，也毫不例外。親情難以割捨，尤其是遠離家鄉、出門在外的人，思念親人終究是人的一種心病。

唐僧西天取經上路不久，他就開始想家了。在家千般好，出門一時難。人在家裡生活習慣了，猛然離開家，尤其是出遠門，前路漫漫無盡頭，難保就會湧上思鄉的念頭。白骨精的出現，就是唐僧想家想出來的毛病。

白骨精，顧名思義，就是一堆白骨成了精。白骨怎麼會成精呢？顯然，唐僧在行走的路上，看到一堆死人骨頭，由此聯想到自己的父母百年之後，也會如此，免不了悲從中來。

這個白骨精，就是一個殭屍，外號白骨夫人，平時佔領白虎山一片地盤，混飯度日。這一天，她沒事在外，忽然看見唐僧、八戒和沙僧坐在大樹下休息，不免心中暗喜。她早聽說吃了唐僧肉就會長生不老這件事，於是想把唐僧捉回去。但她是一個女流之輩，看見八戒和沙僧兩個彪形大漢當唐僧的保鏢，不敢輕易下手。正在猶豫間，她突然靈機一動，計上心來，心想，不能強奪，那就巧取。

於是，搖身一變，變成了一個貌美如花的良家女子，挎著籃，提著罐，來到唐僧師徒面前。八戒看見面前如花似玉的姑娘，心中不免垂涎三尺。無巧不成書，正在白骨精拿出吃奶的力氣來欺騙唐僧時，出門化齋回來的悟空趕了回來，他一眼就認出眼前這個漂亮女子是個妖精，二話沒說，舉起金箍棒就把妖精給打倒在地。妖精來了一個金蟬脫殼，一溜煙跑了。

可是白骨精不甘心，害怕自己放過了唐僧，別的妖怪會笑話自己沒本事。於是一計不成她又心生一計，變成了一個八十多歲的老婆婆，冒充那個女兒的老媽，來尋找閨女。這個妖精先前變的女兒只有十八、九歲，可是變成女兒的老媽卻八十多歲，有點常識的人都知道，哪有女人六十多歲還生兒育女的道理呢？這次又被悟空一眼識破，一棍子打死了。再次被拆穿西洋鏡，白骨精不死心，索性一不做二不休，繼續行騙，為了讓事情看起來合情合理，她搖身一變，變成了一個八十多歲的老翁，出門來尋找老伴和女兒。悟空這次不敢大意，急忙請來了地方的土地神作證，意思是我打死的不是好人，是妖精。

俗話說，再一再二不可再三，前兩次都讓白骨精逃跑了，這次下手一定要穩準狠，徹底解決問題。果然，這次悟空沒有失手，一棍子下去，就打得白骨精現出本相，原來是一堆枯骨，脊骨上刻著「白骨夫人」四個大字。

這件事在西遊取經團隊裡引起了軒然大波，引發悟空與唐僧、八戒之間激烈的矛盾，結果，唐僧聽信八戒多次舉報，一再動用紀律處罰條例處罰悟空，最後還把他開除。

那麼，白骨夫人用了什麼招數，騙得唐僧和八戒一再地上當受騙呢？白骨夫人的三次變化，一共打出了三張牌，首打行善牌，知道唐僧是出家人，出家人講究積德行善，所以就說自己是父母吃齋唸佛、積德行善得來的女兒。不僅父母樂善好施，自己的老公更是心地善良，敬重佛祖，因此她才敢自作主張，將給老公吃的飯送給他們幾個和尚吃。這一招正中唐僧要害，令他不得不相信。

第二張牌是親情牌，老來得女，卻被悟空給打殺了，於情於理都說不通。第三張是法理牌，你悟空雖然強勢，打殺了老婆兒女，我一個行將就木的老頭不敢跟你講理，但唐僧做為一個得道的高僧，總得要點面子、講點道理吧。基於這三點，白骨精的戲演得非常成功，除了悟空的火眼金睛外，輕易就騙過了所有人的眼睛。

這次事件，吳承恩寫的是一個出家人如何克服想家的心理。所表達的意思是，家庭不過是表象，父母妻子早晚也會變成一堆白骨，雖然活著的時候親情切切，死後都一樣。想家，就是想的一堆白骨，看明白這一點，就沒什麼可以想的了。只有放棄這些塵世的情懷，才能真正走上修行之路。悟空無父無母，是從石頭縫裡蹦出來的，由他來了斷這件事，再合適不過。

平頂山掉包：老君葫蘆裡賣假藥

人在一起共事，時間久了，免不了會生嫌隙。觀音菩薩組建起唐僧為首的西遊取經團隊沒多久，團隊裡的人際關係矛盾，就冒了出來。

首先，悟空心高氣傲，不服從唐僧的管教，幾次三番違背師父的意願打殺竊賊妖怪，為此經常受到紀律處罰，心生怨恨，師徒矛盾越來越突出。其次，八戒性情懶惰，好吃懶做，耍奸磨滑，愛攀比，老是害怕自己吃虧，工作起來消極怠工，應付了事，又貪功諉過，斤斤計較，嫉妒悟空，在悟空與師父發生矛盾時，煽風點火，火上澆油，挑撥是非，致使師徒反目。加之唐僧常常偏袒他，這讓悟空常常感到心有不公，總想辦法要治一治八戒，出出心中的惡氣，化解心中鬱悶。這種狀況下，師兄弟兩人的矛盾，自然就會加劇，如果不加以解決，勢必就會鬧出亂子來。

西遊取經團隊發生了內亂，那麼心魔自會乘虛而入，果然，在唐僧師徒走到平頂山時，就遇到了金角大王和銀角大王兩個妖怪。這金角大王和銀角大王也不是別人，他倆本是給太上老君照看金爐和銀爐的兩個童子，接到觀音菩薩的命令，帶上太上老君混飯吃的工具，埋伏在半路上，準備偷襲

唐僧師徒四人。

人的五官，從五行的角度來看，鼻屬金，是悟空的化身，所以悟空嗅覺靈敏，什麼事都是先被他聞出味道來。眼睛屬木，代表八戒，所以八戒常常被假象所迷惑。耳屬水，代表唐僧，故而唐僧耳根子軟，常常聽信八戒看到的假象。平頂山遇到妖怪，其實就是一個人鼻子聞到的，眼睛看到的和耳朵聽到的各自不同，發生了偏差，進而造成了混亂，導致無法判斷清楚事情的真相。

禍從口出，平頂山蓮花洞，說白了就是人的一張嘴，我們誇一個人能說的時候，常常說這人口吐蓮花。金角大王和銀角大王盤踞的平頂山蓮花洞，平頂山就是人的臉，蓮花洞就是人的嘴。人們常說自己說話是金口玉言，無非是說，人說話要動腦，要用心，說話要算數。兩個妖怪拿的太上老君盛金丹的紫金紅葫蘆，就是人的心，盛水的羊脂玉淨瓶，就是人的大腦。人心不足蛇吞象，所以紫金紅葫蘆能夠裝下天，吞進地。思想殺人，故而羊脂玉淨瓶能令人化成一灘血水。

兩個小妖怪對唐僧師徒的考驗，過程弄得很複雜。其實，在遇到妖怪之前，值日功曹已經向悟空發出警告，很可惜，悟空沒有正確對待，反而著此事故意難為八戒，導致八戒只好冒險出擊，被妖怪輕易活捉了。銀角大王很會動腦，他知道強奪不行，就計畫智取。他變化成一個受傷瘸了腿的老頭，騙唐僧安排悟空背他，半路上用三座大山壓住了悟空，然後就把唐僧、沙僧和白龍馬，一起捉去。然後讓精細鬼拿了紫金紅葫蘆，伶俐蟲捧了羊脂玉淨瓶，去收伏悟空。結果被悟空瞞天過海，把紅葫蘆和玉淨瓶統統騙去。銀角大王看到兩個寶貝被悟空騙去，就命令兩個手下去請老奶奶來吃唐僧肉，順道拿幌金繩捉拿悟空，結果，幌金繩也被悟空騙了去。誰知道恰恰是幌金繩困住了悟空，原來妖怪不僅知道有緊繩咒，還會鬆繩咒。

道高一尺，魔高一丈，比得就是人的心智。後來悟空還是用計騙來妖怪的紅葫蘆，這才徹底救出了唐僧、八戒、沙僧和白龍馬。經過這一次矛盾，唐僧師徒四人比以前關係融洽多了。

金角銀角，斤斤計較。這兩個妖怪聯手，正好說明人與人之間，只要事事計較，互不相讓，那一定會產生矛盾，製造事端。特別是動歪點子，打鬼主意，彼此算計，互相坑害，就會兩敗俱傷，誰也得不到好果子吃。其中有一個細節，尤其能說明問題，悟空化妝成老奶奶騙妖怪時，不小心露出了猴尾巴，結果被八戒看見，好像抓住了悟空的把柄，偷偷笑話他，一下走露了風聲，導致悟空計畫敗露，再次被捉。可見，處理好人際關係，哪怕彼此不互相幫助，但只要不互相拆臺，就已經是莫大的福分了。兄弟一心，其力斷金；人心齊，泰山移，說的都是這個道理，出家人修行，也不例外。

九頭蟲盜寶：出來混，早晚要玩完的

《西遊記》裡的妖精，稀奇古怪，什麼樣的都有。唐僧師徒來到祭賽國，遇到一個很奇怪、很另類的妖精——九頭蟲。他長得九個腦袋，生活在水裡，還有翅膀，能在天空飛翔，不知是鳥是獸還是水生的魚類，連見多識廣的悟空和二郎神也不知道他到底屬於哪一類生物。看其外貌，很像水裡的八爪章魚，但章魚不是兩棲動物，離開了水就會玩完。

九頭蟲是亂石山碧波潭裡萬聖老龍王的入贅女婿，萬聖宮主的老公。他和他岳父萬聖龍王聽說祭賽國的金光寺寶塔上有一顆會發光的舍利子，於是耍了個計謀，讓九頭蟲施法下了一場血雨，趁機偷走舍利子。同時，九頭蟲的老婆萬聖宮主，又跑到天上王母娘娘的瑤池邊，偷來一棵九葉靈芝，用它在碧波潭裡滋養舍利子，如此一來整個碧波潭就變得亮如白晝。可見，亂石山碧波潭是一個黑窩，這裡一家子都是小偷。怪不得萬聖老龍王招九頭蟲做女婿，他頭多眼多，眼疾手快，便於作案。

九頭蟲盜竊了祭賽國寶塔上的舍利子，為金光寺的和尚們惹來一場大麻煩，也給唐僧師徒一次大展身手的好機會。寶塔不再放光，周圍的國家也不再慕名而來上供送禮，這讓祭賽國國王很生氣，認定是金光寺的和尚監守自盜，把他們一個個逮了起來，披枷戴鎖，罰他們沿街乞討。

可能是物傷其類，兔死狐悲，唐僧看到同門中人受到如此的懲罰，心中不免悲傷，決心替他們捉到元兇，讓他們沉冤昭雪，恢復昔日榮光。這本來是沒唐僧什麼事，辦理好護照，走人即可，但不知道為何，他這次突然熱心起來，非要幫助祭賽國破案不可。

這是佛道兩家的一次公案，九頭蟲和萬聖老龍王一家，屬於道教，金光寺和舍利子，屬於佛教，道佛兩家發生了衝突，道教中人偷了佛家的舍利子，這可不是一件小事。本來，祭賽國已經沾了佛教的光，藉助佛教力量征服了周邊四國，結果被道教用了一場血雨破壞了佛教的威望，清除了佛教的勢力，難怪唐僧要替金光寺的和尚出頭，原來是牽扯到整個佛教的利益。在這樣的問題上，唐僧的立場非常分明，他毫不猶豫地站了出來，維護佛教的地位和利益。

據傳說，舍利子是一個人修身成佛圓寂火化時，骨灰裡留下的骨頭寶石之類的東西。也有人說，舍利子是人身體裡的各種結石。如果這種說法屬實的話，那麼人體裡如果真有結石的話，肯定是有病了。那麼，是什麼人有病了呢？是唐僧還是另有其人？顯然是唐僧，否則的話，他不會那麼熱心腸，積極主動了。

亂石山碧波洞到底是個什麼去處呢？其實就是人的胃，人的胃裡，水和食物雜陳，裡面漆黑一片，自從吃了靈芝和珍珠，可能胃裡就舒服了。至於九頭蟲和萬聖龍王，肯定是人的腸胃生了寄生蟲，也就是生了蛔蟲之類的東西。所以由代表著人的肝臟的八戒與他戰鬥，同時請來二郎神這個郎

中，幫著治療，最後才解決了問題。

這個九頭蟲，跟牛魔王是好朋友，上次悟空三借芭蕉扇時，牛魔王去找九頭蟲和萬聖老龍王喝酒，既然牛魔王也是人的一種魔性，那麼九頭蟲是人體的一種病，也就沒什麼奇怪的。這裡面最難弄明白的就是舍利子。九頭蟲下一陣血雨，偷走舍利子，其實就是被蛀蟲蛀掉了一顆牙，劇烈的疼痛將人折磨得面黃肌瘦，暗淡無光，萎靡不振，難怪祭賽國自從丟了舍利子就失去了金光。所謂祭賽國，就是人的飲食系統，從嘴到食道到腸胃。

那麼金光寺又是指哪裡呢？顯然是人的嘴，唐僧解釋的好，金光寺就是精光寺，什麼都被嚼碎咽到了肚裡，可不就精光了。為此唐僧將其改名為伏龍寺，意思也一樣，什麼東西到嘴裡都會被征服，吃掉。

這麼一個小問題，卻被吳承恩寫的如此複雜有趣，可謂是一顆牙齒引發的血案，令人拍案叫絕。

烏雞國消災：

既然上天無門，入地也是不錯的選擇

西遊路上的妖精，最大的本事就是常常能複製仿製，將自己弄成山寨版主人，比干人還逼真。烏雞國國王被一個叫全真怪的妖精推到了井裡，泡了三年，而那全真怪自己搖身一變，複製了一個新國王，比原國王還國王，騙得一國上下，所有人都信以為真。直到唐僧師徒到來，才救出真國王，讓這個假國王現了原形。

這個全真怪是如何取得烏雞國國王信任，與之同食同寢，最後趁其不注意把國王推到井裡，自己取而代之的呢？原來，烏雞國大旱了三年，導致經濟凋敝，民不聊生，這時候全真怪到了，興雲布雨，把整個烏雞國淋了個透。因此成了國王救苦救難的恩人，贏得國王的信任，這才有複製國王的機會。

全真怪把國王推到井裡後，搖身一變，自己成了國王的替身，把烏雞國治理的風調雨順，井井有條，以致於三年時間裡，除了國王的老婆、一國皇后之外，竟然沒人有半點懷疑。那麼皇后為什麼懷疑這個國王出了問題呢？原來，只有皇后能夠零距離接觸這個新國王，兩個人晚上睡覺時，皇

后要與這個新國王行男女之事，新國王總是以現在年老體衰，已經力不從心為藉口搪塞。三年時間裡，再也沒有與皇后做過雲雨之事，這令皇后不得不生疑，以前皇帝可是生龍活虎，夜夜求歡的，為何自從遊了御花園後，突然對女人失去了興致？反常，實在是太反常了。正是這一破綻，為悟空識破和捉拿全真怪打開了缺口。

很多朋友可能不知道烏雞國是個什麼去處，都會以為那個國家盛產烏雞，以飼養烏雞為主。沒錯，烏雞就是那個國家的命脈，是這個國家的主打產業。關於烏雞，朋友們都知道是什麼，就是皮膚、肌肉、骨頭、內臟都烏黑的雞。當然，《西遊記》裡這個烏雞國裡養的烏雞可不是一般的烏雞，而是一隻奇特的雞，雖然黑了點，但身分地位特殊，作用非同小可。

那麼這隻烏雞到底是一隻什麼樣的雞呢？全真怪到底隱藏了什麼祕密，有怎樣的傳奇來歷呢？下面就讓我們一一詳細瞭解這些問題。整本《西遊記》寫的就是一個男人從小就被送進佛門，修行禮佛的過程。人在修行，身體也在修行，很多身體的慾望被克制、被禁止，因而也會導致一些生理上的變化。雖然唐僧是一個出家人，但出家人不是太監，雖然禁慾，但並不是去勢，還要保持身體的完整。三年時間，一個男人的男根不勃起，像一頭被去了勢的青毛獅子一樣蜷伏著，給人帶來的痛苦和煩惱是可想而知，尤其在心理和精神上潛移默化的作用，會讓人喪失信心，變得浮躁焦慮。

既然全真怪是一頭去了勢的青毛獅子，也就是男人陽痿後萎蔫的陽物，那他當然做不了什麼男女之事，所以他當國王期間，烏雞國風調雨順，平安無事。而唐僧治療陽痿的過程也非常簡單，那就是想方設法恢復國王的雄姿，讓他雄起，精神勃發，虎虎生威。這樣的事情，不靠天，不靠地，還得靠自己。所以悟空跑到太上老君那裡，要來了一顆仙丹，救活了國王，恢復他的牛機。世上當然沒有什麼仙丹，所謂太上老君的仙丹，就是人丹田裡的一口氣，修行的人主張氣沉丹田，大概就跟煉丹一樣，有了丹田的這一口氣，男人就會英姿颯爽，神采奕奕。

據吳承恩爆料，之所以把烏雞國國王弄成一個去了勢的獅子，原因是這個烏雞國國王，曾經把文殊菩薩摁到水裡泡了三天三夜，為此遭到報應。文殊菩薩是智慧王，還是妙德、吉祥的象徵，烏雞國國王可能是男人的雄性力量太強勢了，竟然鬧得修行的人忘記了學習智慧，修行妙德，所以才導致物極必反，月滿則虧，遺精次數太多而陽痿。

全真怪本來就是一頭被去了勢的青毛獅子，牠被文殊菩薩收回，也就意味著烏雞國國王復位，修行的男人又恢復了男人的氣概。可見，一個人要想克服自己的情慾，多麼的艱難，不僅要過心理關，還要過生理關。

姹女求陽：本小姐出身豪門

妖精要是與天庭的權力高層攀上了親戚，那能量也不可小看。俗話說，朝裡有人好辦事，很多人為了虛張聲勢，常常把「我上面有人」，做為口頭禪。妖精也深諳此道，經常拉大旗做虎皮，嚇唬那些無權無勢的百姓。

有這麼一個年輕貌美的女妖精，因為認了托塔李天王當義父，一時間地位猛漲，人氣飆升，信心爆棚。聽說唐僧取經會路過她的地盤，便開始想起了好事，要把這位白馬王子搶來，做自己的老公。這位年輕的美女妖精就是人氣火爆的陷空山無底洞裡的地湧夫人。

地湧夫人，顧名思義，就是從地下湧上來的。能從地下湧上來的動物精靈不多，這樣的精靈，非老鼠莫屬。揭開地湧夫人的身分我們就知道，地湧夫人確實是一隻老鼠，並且是一隻擁有金色鼻子和白色皮毛的老鼠。

國人一向有以面相觀人的傳統，骨格清奇之人往往有不尋常的際遇。此鼠也不例外，她於三百年前修練成人身，成「人」之後，也是個沉魚落雁、閉月羞花的美人。那麼，一隻老鼠是如何搖身一變，攀上天庭裡的高官而成為一名公主的呢？說來很簡單，是老鼠就愛偷油吃，我們從小就唱過一源來統傳個這能可，的統傳有是吃油偷鼠老見可」。來不下，吃油偷，臺燈上，鼠老小「，謠童首於這位地湧夫人。

不知是什麼時候，這位地湧夫人，也就是從地底下冒出來的小白鼠，溜進了如來佛祖辦公的西方極樂世界，偷吃了香花寶燭。想來因為靈山乃如來佛祖的家，家裡的任意一件物品都有可能幫助老鼠精進一步修練。偷食了香花寶燭之後，此鼠便更改名號為「半截觀音」。李卓吾先生曾評點說：「『半截觀音』，不知是上半截？還是下半截？請問世人，是上半截好？還是下半截好？一笑！一笑！」李老先生只是「一笑」，卻引得我哈哈大笑。

我的理解是：「觀音」乃是如來佛祖面前最得意的弟子，她一定是「金鼻白毛鼠」的偶像，此其一；此鼠精在靈山偷吃了東西，沾染到一點靈氣，也許也曾偷聽過如來佛祖宣講佛法，故此認為自己在修行的道路上已經有所進步，此其二；可是這樣的進步僅僅來源於靈山的邊邊角角資源，她仍舊徘徊於正門之外，故此只能給自己取名「半截觀音」，不但是意喻自己的如花美貌，也提醒自己「革命尚未成功」，此其三。

如來佛祖的辦公室失竊，那還了得，天庭立即派出托塔李天王親自組建的專案組來偵破此案。很快，這位地湧夫人就被緝拿歸案，因為如來佛祖事先吩咐「積水養魚終不釣，深山餵鹿望長生」，所以托塔天王饒了她的性命。她感激涕零，便拜托塔李天王為父，拜哪吒為兄。這一招實在高明：她不過是一隻出處不明的老鼠精，拜得天庭武裝總司令為父，如同多了一把「保護傘」。於是下界後便在陷空山無底洞中設下爹爹和哥哥的牌位，終日以香火侍奉。這樣一來，乾爹和乾哥哥的神仙身分就能給自己的臉上貼金，表明自己是有後臺的。

當然我們也不能太過刻薄，完全抹殺她對乾爹和乾哥哥的感激之情。「半截觀音」下界後，改名為「地湧夫人」。這個名字一來說明她的居所是陷空山無底洞。二來是描述了她出門的動作——「自地下湧出」；三則，不知怎的，總想起「地湧金蓮」四個字。這四個字常與「天花亂墜」合用，以描述如來佛祖講經說法的祥瑞氣氛。她又將「金蓮」二字，改做「夫人」，儼然有「貴族」的味道了。

金鼻白毛鼠是她的本身，觀音菩薩也許是她的偶像，「半截」觀音是她曾經的「處境」，「地湧夫人」是她的現狀。這些不同的稱謂，卻著實透露著名號擁有者的個人資訊、經歷，甚至還有旨趣#、志向。

身分變了，地位變了，這位地湧夫人的脾氣性格也變了，再也不是那隻灰頭土臉、人人喊打的小老鼠了，而是一個趾高氣揚的白雪公主了。為此她一心要找到自己心中的白馬王子，所以當她看到唐僧騎白馬而來，就認定那就是自己的心上人。

我們常說，騎白馬不一定是王子，可能是唐僧。這句話一點沒錯，唐僧不僅不是她未來的老公，一旦招惹，還會給自己帶來麻煩。這位自詡為白雪公主的小老鼠，很輕鬆地把唐僧弄進了自己的豪宅裡。她埋伏在唐僧師徒路過的山上，用藤條綁住自己的上半身，把自己的下半身埋在土裡，然後引誘唐僧師徒搭救自己。唐僧果然上當了，救下這隻小老鼠，並把她帶在身邊。

就這樣，小老鼠趁機會把唐僧搶回了自己的家。很可惜，這小妖精還沒來得及與唐僧拜堂成親、洞房花燭，就被悟空壞了好事，還被悟空鑽進了肚子裡，瞭解心思，摸清底細，抓住了自己的弱點，搬來了乾爸和乾哥，將自己擒獲。

吳承恩當然不會這樣便宜了這隻小老鼠，他不會簡單地寫一下老鼠的生活就交差了事，一定會賦予這隻小老鼠更多的角色和任務。那麼這隻小白鼠到底是什麼化身呢？看看牠的出場和表現，我們就會很清楚，牠其實就是一株野生的白薯，已經變質，含有劇毒，結果被唐僧誤食，差點真的就到了地下，和地湧夫人做夫妻了。

為什麼認定這隻追求愛情、渴望愛情的小老鼠就是隻白薯呢？首先牠來自深山，出現的時候，上半身是白薯藤，下半身埋在土裡。白鼠即是白薯，悟空發現時，已經冒出了黑煙，顯然是發黴變質了。變質的野白薯，毒性很大，寺廟裡吃了白薯的和尚都被毒死了，唐僧也中了毒。所謂陷空山無底洞，其實就是人的食道和腸胃，唐僧吃了白薯，白薯的毒性在腸胃裡發作，他被折騰得心神出竅，痛苦不堪，直到最後自己的免疫系統徹底清理了毒素，才逐漸脫離了危險，恢復元氣，繼續他的修行之旅。

食物中毒，在野外生存中，是常常會發生的事情。至於小白鼠為何要一門心思與唐僧成親，雖然有點費解，但也容易找到合適的理由。戲不夠，愛情湊。好像是小白鼠非要嫁給唐僧，其實是唐僧喜歡白薯這種食物，所以他非要搭救這隻小白鼠，並決定把小白鼠留在身邊。正因為唐僧起了愛吃之心，才勾引出妖精的情意，差一點上演了一場喬太守亂點鴛鴦譜的好戲。

這一次中毒，導致唐僧身體虛弱，差一點在接下來的滅法國裡送了命。出家人修行，修的不僅是心靈，還修的是身體，如果身體不能健康，多災多病，那也是很難修成正果的。所以出家人吃素，也不是什麼都吃的，貪戀口福，有時候也會惹來災禍。

濯垢泉忘形：洗洗睡了更健康

正常的人都有七情六慾，出家人也是如此。春天來了，唐僧免不了春心萌動，執意要自己到世俗百姓之家化齋。其實化齋事小，他想看看世俗人家的女兒是真。心動則妖生，果不其然，他的潛意識裡這種慾念一經產生，七情就化成了妖怪蹦了出來。

一般來說，七情是指人的喜、怒、憂、思、悲、恐、驚，這七種情志變化，會引發出人的六慾。對於佛家來說，六慾指的是色慾、形貌慾、姿態慾、聲音慾、細滑慾、人想慾，顯然是把「六慾」定位在了男女之間對於異性所產生的六種慾望。用現在的話說，就是人的「情慾」。

唐僧既然產生了七情六慾，那麼七情就立刻化成了七個蜘蛛精，把他捉走了，捆了個仙人指路的姿勢，吊了起來。意思很明顯，唐僧的這七情需要在一個合適的方向找到出口，否則會出現問題。

這七情所化的七個妖精，沒什麼大本事，就像廊下的蜘蛛一樣，只會吐絲，用來表示七情纏繞。人為七情所困，就會六慾橫流，不能自持。這七個妖精本來在家過著好好的日子，有的在遊戲，有的在做女紅，天真快樂，自由自在，是唐僧自己找上門的，才勾引出她們想吃一口唐僧肉的慾望。

這七個妖精，化身為七個貌美如花的女子，她們非常愛乾淨，每天都要到濯垢泉洗一次澡。女子洗澡，自然就會勾起男人的無限想像，引出男人的六慾來。

這樣，唐僧被困在盤絲洞裡，而代表人耳朵的悟空就先去表達了一番聲音慾，接著代表人眼的八戒，自然就該出場了，他跑到濯垢泉裡，與這七個美女盡情嬉戲，透過挑逗來表達色慾，透過眼睛來表達形貌姿勢慾，透過變成鯰魚在女子的裸體之間穿梭來表達細滑慾，最後在女子的兩腿裡鑽來拱去表達人想慾，六慾全部登場，八戒就被七情所困，折騰得坐立不安，翻來覆去，輾轉反側。六慾既起，八戒自然慾火攻心，難以自持，彷彿如蟲叮咬一般，渾身騷癢難耐，這就告訴我們為什麼會有七個蜘蛛精的乾兒子們螫咬八戒那一節了。

唐僧有了七情，這七個蜘蛛化身的女子，自然沒什麼可避諱他的了，所以這七個女子被悟空偷走了衣服後，赤身裸體回到盤絲洞，也不在乎唐僧偷窺不偷窺，大模大樣，嘻嘻哈哈地從他面前走過，一點也沒有羞澀之意。

這七個妖精女子，除了吐絲外，沒有別的手段，見到她們的乾兒子們不是悟空的對手，便扔下唐僧，紛紛從後門逃脫，投靠她們的師兄蜈蚣精去了。可見，她們吃唐僧肉的想法並不強烈，正巧吃了就吃了，吃不到也不勉強。

這七個妖精女子，雖然都會像蜘蛛那樣纏人，但看其表現，應該算是好人家的女兒的。平時也就是在院子裡玩玩遊戲、做做針線之類的這些大家閨秀們常做的事情。而且她們也非常恪守婦道，逃到她們的師兄那裡後，都躲在後院的房間裡做針線，很懂得男女授受不親的道理。在濯垢泉裡遭到

八戒調戲，她們也曾奮力反抗，甚至不顧及赤身裸體，跳到泉外，用絲線纏繞住八戒，狠狠地教訓了他一頓，但她們心地善良，並沒有對八戒下毒手，結束他的性命。按照一般的自衛原則來說，即便這七個女子宰了八戒，於情於理，也沒有什麼說不過去的地方。而在她們師兄家裡，知道客人裡有八戒之後，七個女子才想起受到八戒的侮辱，讓師兄為她們報仇。後來，這樣七個可愛的女子被悟空給打殺了，著實可惜。

出家人修行，當然要克制七情六慾，要做到不憂不喜、不怒不悲、不恐不懼、不思不想，進而拒絕六慾產生，做到心是明鏡臺，一塵不染。這樣的境界，當然不是一般人輕易就能達到。正因為被七情所纏，唐僧和八戒、沙僧才會身中劇毒，口吐白沫，差一點去見閻王了。最後以毒攻毒，絕了七情六慾，才脫了毒氣，救了性命。

戒持七情六慾，自然離不開心智澄明，要依靠內心的定力，才能夠解脫七情六慾的困擾，這就是為什麼悟空不被蜘蛛精女子的絲線纏住的原因，也只有悟空才能夠幫助唐僧師徒解除困擾。而悟空打殺了七個蜘蛛精女子，也看出出家人修行的決心，意志堅定，乾淨徹底，雖然不夠人道，缺少點人情味，但對於一個出家修行，又想成為得道高僧的人來說，這一點非常重要。要想成功，必須犧牲，否則就會前功盡棄，一事無成。

虛設釘耙宴：窮長蝨子富生疥

一個長期在外奔波的人，風餐露宿，風塵僕僕，肯定會有很多生活的不便，例如洗澡、洗衣服、清理個人衛生這些生活細節，有時候可能牠會無暇顧及，時間久了，可能會生一些寄生蟲，例如蝨子和跳蚤之類的小蟲子。

唐僧一路西行，有時候找不到旅店就會在野外過夜，常常幾天都會席地而臥，和衣而眠，當然顧不得衛生不衛生、乾淨不乾淨了。十天半月可能都找不到機會洗個澡，也沒有什麼換洗衣服，這就免不了在身上養一些小寵物，與牠們結伴而行，共同分享旅途的快樂。這些小寵物，也是過去的人們喜聞樂見的一種小昆蟲，特別是百姓人家尤為常見，那就是大名鼎鼎的蝨子。唐僧也不例外，他的身上也養了不少這些小寵物，並且由於日久年深，最後都成了精。

引出這些蝨子精的原因還是來自人的慾望，一個人不管有沒有本事，一旦得到炫耀自己的機會，往往忍不住就要當別人的老師，喜歡拿出指點萬里江山的氣概，指手畫腳，以此引起別人的注意，滿足自己的虛榮心。好為人師，是人們難以克制的一種慾望。正是唐僧師徒的這種表現，才引出一

窩獅子精來。獅子，就是蝨子，也就是寄生在人體上的一群小寵物。

唐僧師徒的取經團隊來到玉華州，一高興，悟空、八戒和沙僧就來了一場即興武術表演，各施展絕技，翻跟頭打把勢，迎來了陣陣的喝采聲。並且吸引了國王的三個兒子，他們三人拜在悟空、八戒、沙僧的腳下，請求學武藝。學藝要有兵器，於是，悟空安排國王的三個兒子到鐵匠鋪裡，依葫蘆畫瓢，打造了一個金箍棒，一個九齒釘耙，一個禪杖。結果半夜時，悟空等兄弟三人放在鐵匠鋪的樣品，都被一隻黃獅子精偷走，這才引發了一場大戰。

我們前面已經說了，獅子精就是蝨子精，那個偷了兵器準備舉辦釘耙宴的獅子精，住在玉華州城外的豹頭山虎口洞，其實就是人的袖口裡生的蝨子，那玉華州，明顯指的是人如玉光滑的肌膚，蝨子都藏在衣服的褶皺裡，當然在玉華州城外。後來，悟空、八戒和沙僧捉完了袖口的蝨子，卻放跑了蝨子精，讓牠跑到了萬靈竹節山九曲盤桓洞那裡向他的師祖九頭蝨子精去搬救兵。

萬靈竹節山九曲盤桓洞，看這名字就知道，這是指人的衣服袖子，靈活，像竹節一樣縫接，九曲盤桓，還是一個洞，不是衣袖還會是什麼呢？這個九頭獅子精果然厲害，很快把唐僧師徒捉走，所用的方法也很特別，是用嘴叼去的。最後悟空沒辦法，還是搬來了九頭獅子的主人，才收伏這頭九頭獅子，打殺了六個小獅子精，救出了唐僧。

正如故事所言，欲為人師，卻不知自己已有師，被自己老師狠狠咬了一口，才知道謙虛謹慎，做人要低調，不能到處炫耀。窮生蝨子富生疥，古話說的非常有道理，看見窮人，人人都想指點一番，教訓教訓，要充當人家的老師，好像窮人上不起學，讀不起書，受不起教育，就愚昧無知，需要別人的點化一樣。富生疥，意思也很明瞭，人一有錢了，就容易翹尾巴，自高自大，不知道自己姓什麼，這時候，老天會讓他長疥瘡，告誡他要低調，免得引起人們的仇富心理，殺富濟貧。

出家人修行到一定階段，自然也會有了點水準，不免會生出好為人師之心，克制這種慾望念想，也是出家人修行的必修課。唐僧師徒一旦有了好為人師的慾念，心中立刻會生出妖怪。這是對唐僧的警示，告誡他參禪無止境。剛悟出這點禪意，就要向外人兜售，顯然有些狂妄自大了，即便有九個頭，九張嘴，又能說清楚多少人世間的道理呢？做人要低調，出家修行更要低調，不能動不動就炫耀自己肚子裡的那點學問。豈不聞，山外有山，天外有天，只有謙虛謹慎，才能做成大學問。

老鼉問壽：千年神龜創作的鐵達尼號古代版

樹大招風風撼樹，人為名高名傷人。唐僧師徒西天取經成功，一夜之間成了名人，回去的路，自然是鋪滿了鮮花伴隨著掌聲。沒想到樂極生悲，觀音菩薩看著他們取經成功，得意洋洋的樣子，心中不免嫉妒，於是製造了一場「空難」，教訓了一下這師徒四人：「不要高興的太早，錢裝到抽屜裡才是錢，經書送到唐王手裡才算取經成功。」

取到了經書，唐僧師徒四人和白龍馬，是乘坐飛機回去的，快到通天河的時候，觀音菩薩指示飛機駕駛員，把唐僧師徒空投到地面，其目的就是讓他們重新渡過通天河。因為他們不知好歹，取經成功了，竟然忘了她這個領袖，沒有向她表示表示，如此忘恩負義，不提醒一下當然不行。飛機駕駛員很準確地把唐僧師徒空投到了通天河的西岸，他們要想回到東土大唐，必須先渡過河去。

通天河是什麼地方？當然是通天的地方，要想過這條河，必須要經過領袖的許可，怎樣才能經過領袖的許可呢？那就是行賄送禮。河東岸陳家莊的靈感廟，本來是專門為觀音菩薩收禮的機構，可惜被不知道好歹的悟空檢舉揭發了，只好關閉停止運轉。觀音菩薩派到通天河來收受賄賂的手下鯉魚精，也被悟空給舉報了，只好調回總部任職。有了上次教訓，觀音菩薩當然不敢再明目張膽地收禮，她重新恢復了一個原來因為辦事不力而被停職的一個通天河老管理員的職位，讓他負責祕密收取現金，不再直接收取禮物。通天河這個老管理員，就是千年老黿。

千年老黿是一個本分的員工，工作認真，當他瞭解取經回來的唐僧師徒們，沒有給觀音菩薩送好處費、操心費，一怒之下，以唐僧沒有替他辦事為由，親自導演了一場古代版《鐵達尼號》的悲劇。他翻了一下身，就把唐僧師徒都扔到了河裡，而自己快速地潛到河底。

老黿的藉口找的倒是挺漂亮，上次唐僧師徒過通天河時，這老黿已經停職了，職位讓觀音菩薩身邊的手下鯉魚精奪去，是悟空趕走鯉魚精，間接幫助他奪回了職位。為了感謝唐僧師徒，那次是他主動幫助唐僧過河的，過了河，這老黿求唐僧替他辦一件事，問問如來佛祖，他還得在這通天河工作多少年，才能被提拔到中央去工作，享受高層的待遇。結果唐僧只顧著忙自己的事，忘了老黿囑託的這件事，這給了老黿把他們扔河裡一個很好的藉口。

其實老黿並非一定要唐僧幫忙，到如來佛祖那裡打聽自己的前程。因為他的上司就是觀音菩薩，他該不該提拔，何時提拔，觀音菩薩自然心裡有數，況且他向觀音菩薩打聽更直接，更準確，何必要繞這麼大的彎呢？顯然這是觀音菩薩安排的一個計策，目的就是為了唐僧師徒取經回來時，為他們設置障礙提供藉口。

老黿，應該就是老元，金元寶，因為流傳久遠，千年不絕，被人們認為是財富的代表，所以被稱為老黿。老黿在通天河值班，意圖很明確，就是替觀音菩薩收取賄賂，只要金元寶，不再要那些牛

羊之類的東西。

過老鼋這一關，是西遊取經團隊的最後一關，這也非常符合事物發展的邏輯。觀音菩薩費盡心思幫助唐僧師徒西天取經成功，做為下屬，唐僧師徒取得了這麼大的成績，理應不能忘記上級，不僅要把功勞分一些給觀音菩薩，還應該在物質利益上給觀音菩薩一筆可觀的回報，以此來表達對她的感謝。

那麼，最後唐僧師徒給觀音菩薩送禮了嗎？當然是送了，而且是他們西遊取經獲得巨大利潤的一部分，那些曬經石留下的經文，明眼人一看就知道是唐僧師徒送給觀音菩薩的感謝費。禮送到了，路通了，唐僧師徒回去的路上，自然就順利快捷，轉眼之間就到了大唐的首都長安。

出家修行的人，自然也免不了這些人情世故，該送禮就送禮。如果處理不好這些事情，也很難拉來贊助，積下功德，要想功德圓滿，就比較吃力了。

從千年老鼋身上，我們可以看出，對於出家人來說，人際關係同樣非常重要，而且要想處理好人際關係，就離不開金錢。銅臭雖然聞著臭，用著卻香，金錢雖然不是萬能的，但沒有金錢卻是萬萬不能的。有錢不僅能使鬼推磨，也能使磨推鬼。出家人要想修成得道高僧，會使錢也是必修課，那無處不在的潛規則，就是最好的老師，只要你用心，錢就會幫你完成所有你想做的事，更不用說修身成佛了。

上司行賄，必有大罪

第七章

洪江渡引渡唐長老

——長老姓唐，甜到憂傷

太宗地府還魂：
既然沒什麼本事，你就當老闆吧

都說人死不能復活，可是唐太宗李世民死了三天後，卻又活了過來，看來還是當皇帝好，即便到了地獄，也到處是巴結他的人。李世民當皇帝當的好好的，閒著沒事跑地獄裡去做什麼呢？敲鑼賣糖，各管一行。難道當了皇帝就能管得了地獄的事嗎？其實，唐太宗李世民還真沒有這麼大的本事，能管得了地獄的事。他跑地獄走一遭，是被人告了黑狀，做為被告出庭接受法庭審判的。

什麼案子能讓一國之君成為被告呢？事情牽扯到人情與法律的問題，涇河龍王違犯了組織紀律，按照規定，應當判處死刑。龍王向李世民求情，李世民答應他免於一死，誰知執行死刑命令的儈子手魏徵，不給老闆面子，他和李世民下棋時，趁其不注意，做了一個夢，夢裡把違紀的涇河龍王砍了腦袋。涇河龍王當然不願意了。你李世民答應我了，免除我的死刑，卻說話不算數，做為一國之君，金口玉言，怎麼能出爾反爾呢？一怒之下，一紙訴狀把李世民告到了地獄法庭的大法官閻羅王那裡。

李世民做為一個國家元首，人脈很廣，到哪裡都有關係，他去地獄之前，很快摸清了地獄法庭裡

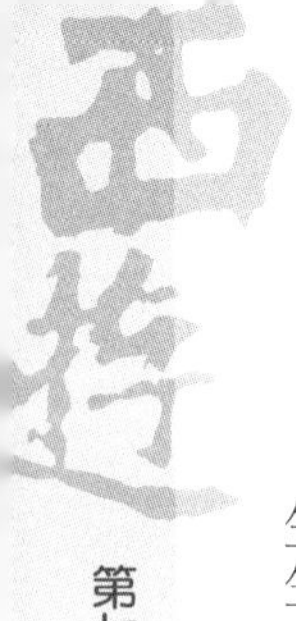

一個姓崔的法官和魏徵是好朋友，於是讓魏徵給崔法官寫了封信。這封信果然管用，本來按照地獄法庭的判決，李世民這次來了，就回不去了，結果那個姓崔的法官偷偷修改了判決書，在一的下面添加了兩道橫，緩期一十三年執行死刑，變成了緩期三十三年，這樣，李世民又活了二十年，多當了二十年的皇帝。看來陰間陽間一個樣，天下烏鴉一般黑，連陰曹地府都講人情關係，都是人情大於法，世道如此不平，哪還有平民百姓說理的地方。

李世民到地獄法庭走了一遭，發現自己製造了太多的冤假錯案，告狀上訪的屈死鬼遍地都是，他們聚集在地獄法庭門外，喊冤叫屈，示威遊行。地獄法庭庭長閻羅王建議李世民，回去後舉辦一個超渡大會，把這些告狀的刁民都騙到一個安全的地方去，否則時間久了，他們聚眾鬧事，會導致天下動亂，威脅到皇帝的權力。

地獄法庭徇私枉法，放回了李世民，讓李世民非常感激，他一方面立刻籌措禮品答謝地獄的法官們，一方面釋放監獄關押的政治犯，糾正一些冤假錯案，甚至把自己後宮裡那些打工的保姆，都許配給部隊的官兵當老婆，以收買民心。接著他按閻王爺的建議，開始籌備和平演講大會，準備把那些告狀上訴的冤民屈鬼，騙到他們該去的地方，服從法律的判決，不要再尋釁滋事。

舉辦這樣一場大會，並不是容易的事情，需要花費龐大的物力和財力，需要有眾多的人來籌備主持。為此，先要選擇合適的演講稿，按照當時的情況，最能麻痺人的莫過於剛剛傳入大唐不久的佛教了。因為佛教講究因果，講究輪迴，這輩子受苦，下輩子享福，即便是為了下一輩子，也就安安生生，老老實實，忍氣吞聲了。這一理論非常符合權力階層的要求，百姓都被教化成了順民，天下就太平了，權力階層也可以高枕無憂了。

其次，要物色合適的人選。既然選定了佛教內容，就得選出精通佛教、在佛界有很高地位的僧人才行。按照這兩條原則，經過認真廣泛的海選，最後一致認為，做這樣的事情，僧人玄奘最適合做演講大會主持人。這個玄奘，就是唐僧。

唐僧本來姓陳，他被推舉出來做演講大會主持人後，李世民為了拉攏收買他，便和他攀了親戚，認他為御弟，也就是皇帝的弟弟，並賜給他國姓，讓他改姓唐，法名三藏，這才有了唐三藏的稱謂。這麼高的榮譽和地位，當然讓唐僧感激涕零，賣命為李世民做事了。

唐僧據說是金蟬子轉世，金蟬子不喜歡聽如來佛祖講法，就被趕了出來，投胎到人間經歷磨難。唐僧一出世，父母就遭遇了劫匪，他娘把他放在一個大木盆裡，讓他順江漂流，看看能不能撿回一條生命。不幸中的萬幸，唐僧的運氣還不錯，躺在木盆裡的他，被一個和尚發現後抱了回去，從此就遁入了空門，出家當了和尚。唐僧一天世俗生活也沒有經歷過，好像天生就是為了當和尚，這樣的出身，讓他除了當和尚，沒有其他的本領。

秉誠建大會：騎白馬的不一定是王子

唐僧改了姓，成了皇帝的弟弟，並被提拔為管理和尚的大官，那他就要為皇帝賣命了，親自籌備宣傳佛家說教的演講大會。他挑選了一千二百個和尚來參加大會，時間定在金秋九月，地點定在首都長安城的化生寺。

演講大會開始，唐僧親自主講，既當主持人，又當演說家。大會很隆重，氣氛很熱烈，連皇帝李世民也率領大臣們來旁聽。正當演講大會順利進行時，長安城裡出現了兩個破衣爛衫，頭生疥瘡的流浪和尚，他們兩人在大街上大肆叫賣和尚的用品：袈裟和錫杖。在這個節骨眼賣這些東西，當然很吸引目光，立刻引起一些喜歡拍馬屁的官員的注意，他們把這兩個和尚引薦給李世民。李世民很高興，當場買下了袈裟和錫杖，準備送給唐僧，兩個和尚一聽是送給唐僧，就連錢也不要了。那麼，這兩個和尚為什麼要做賠本的買賣呢？原來他們送禮物是有目的的。這兩個和尚就是如來佛祖派到東土大唐來尋找取經人的觀音菩薩和她的徒弟木吒，把禮物送給唐僧，就是想收買他為自己出力。

送出了禮物，觀音菩薩師徒兩人，也來到演講大會現場。在唐僧演講到了興頭上時，觀音菩薩偽裝的那個癩頭和尚開始發難了，他跳上前，拍著桌子責問唐僧說，「你說的這些都是小乘教法，你會講大乘教法嗎？」這一問，還真把唐僧給難住了，他知道遇到了高手，連忙跳下講臺，向癩頭和尚賠禮說，「我們這裡講的都是小乘教法，不知道大乘教法都講些什麼？」

觀音菩薩一聽唐僧這麼說，就知道上鉤了，開始賣弄自己的學問，「你這小乘教法不能讓人超渡，只能分辨一些渾俗，我這裡有大乘教法，能夠超渡死人升天，幫人脫離苦海。」她這樣破壞演講大會，皇帝李世民很不滿，責問她為什麼攪亂大會。觀音菩薩就說出了自己的理由，李世民聽了心想，還是大乘教法管用，就讓觀音菩薩上臺說說大乘教法。

觀音菩薩告訴了皇帝哪裡有大乘教法之後，就開始變魔術矇騙皇帝和那些來聽演講的觀眾，飛到半空中，變出了自己救苦救難的觀音菩薩形象，手托淨瓶，渾身上下冒著金光。現場的所有觀眾目瞪口呆，齊呼萬歲。到了這一步，觀音菩薩知道從皇帝、唐僧，到普通觀眾，都被洗了腦，接受她的大乘佛教法，於是見好就收，趁人不注意，即時開溜了。

李世民知道了還有這麼好的大乘教法，心裡自然樂得開花，即刻安排唐僧去西天極樂世界，也就是大雷音寺那裡求取大乘教法。就這樣，唐僧接受了一個新的任務，要不遠萬里，長途跋涉，去買回如來佛祖杜撰的新著作。至此，觀音菩薩要尋找的取經人，便落實下來，唐僧也開始了新的工作。

唐僧上路的時候，李世民送給他一匹白馬，讓他騎馬趕路。這是一匹普通的馬，還不是後來的白

龍馬，也就是說，這個時候的唐僧，還沒有什麼太多的想法，還不知道西天取經的路有多麼艱難，只是想腳踏實地，從最基本的做起，一步一步趕路，走一步就離西天近一步，就離心中的目標近一步。這時候騎在白馬上的唐僧，已經不是站在講臺上誇誇其談的演講大師，而是一個趕路的和尚，一個虛心求教的訪問學者。

踏上西天取經路，是唐僧人生的轉捩點。雖然他出生不幸，從小沒有受到父愛和母愛的呵護，但是他的童年和少年生活，還算一帆風順，畢竟那個時候，寺廟裡的生活也不算艱苦，加上搭救他的老和尚對他的喜愛，讓他受到良好的教育，並健康地成長。而離開家鄉，離開故土到萬里之遙的異國他鄉求學訪問，對他無疑是個巨大的考驗，畢竟人生地不熟，旅途艱難，能否如願到達目的地，對他來說，還是個未知數，他只能把寶押在運氣這一邊了。

如果說唐僧代表的是一個人的老年生活，這個時候，他才真正看破紅塵，開始潛心禮佛，認真修行，立志想成為一個得道的高僧。孔子說，五十而知天命，一個人老了才會明白，自己為什麼活著，如何活著，這時候才知道修行來世的重要，開始為來生的輪迴做準備。

師徒分道揚鑣：辭職了就別來找我

大家都知道唐僧和悟空是師徒關係，在一個取經團隊裡共事。但他們在一起工作，並非出自本人的意願，全是組織的安排，由觀音菩薩一手確定的。在師徒兩人一起共事的磨合期，曾出現過不少問題和矛盾。兩人的性格差別太大，一個脾氣軟弱，溫良恭儉讓，做事慢條斯理；一個急性子，火爆脾氣，什麼事都喜歡用拳頭解決。因此，師徒之間不產生矛盾和摩擦，也是不可能的。

整個西遊取經過程中，師徒兩人最嚴重的矛盾發生過三次。第一次是師徒兩人上路後第一次遇到妖怪，這六個攔路搶劫的毛賊被悟空打了一頓棍棒。唐僧抱怨悟空不應該輕易殺生，嚇跑他們即可，可是悟空不服氣，主動辭職，這才有觀音菩薩給他制訂紀律，戴上緊箍兒這一事件的發生。

第二次是悟空不接受唐僧的命令，執意打殺白骨精，被唐僧紀律處罰後，開除出隊。後來是八戒出面，才把悟空請了回來。

第三次後果嚴重得多，起因還是悟空不服從唐僧的安排，故意賭氣打殺一夥攔路搶劫的劫匪，因為這夥劫匪都是人，不是妖怪，所以唐僧堅持原則，沒有一絲原諒悟空的意思，更沒有商量的餘

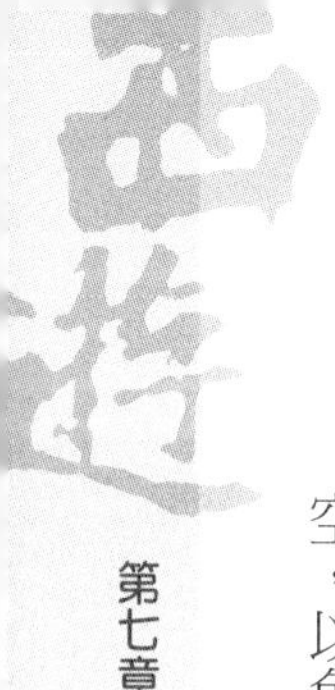

地，完全徹底地把他開除了。結果造成了真假悟空難辨，官司一直打到如來佛祖那裡，最後才做了個了斷。整個事件過程讀者可能都非常清楚了，這裡就不多囉嗦。

師徒兩人第一次鬧矛盾，悟空主動辭職，後兩次矛盾，都是被唐僧開除，之所以會出現這種轉變，主要原因是唐僧手裡已有了紀律處罰條例，有了緊箍咒，彼此權力對比發生了變化。唐僧佔據了主動，能夠對悟空進行制約和控制。這一變化非常重要，鹵水點豆腐，一物降一物。唐僧手無縛雞之力，面對神通廣大的悟空，臣強主弱，如果做為上級領袖的觀音菩薩再不給唐僧點特權，讓他手握殺手鐗，來制服悟空，那麼整個西遊團隊的管理將不堪設想，肯定會一片混亂，強臣欺主的現象在所難免，那時候說了算的，可能就輪不到唐僧，而是做為下屬的悟空了。

這就是領導者的政治智慧，一個團隊的領導者可以無能，什麼本事也沒有，但只要能控制住下屬，能讓下屬發揮出最大的能量，又不至於威脅到自己的地位，這樣的領袖就是好領袖。好領袖不一定是業務最好、工作能力最強的，反之，業務最好，能力最強的，也不一定適合當領袖。一個團隊的管理就是一門藝術，運用好這門藝術，一隻羊可以管理好一群獅子，運用不好，一頭獅子也制服不了一群羊。

從五行相生剋的角度來看，唐僧是水，悟空是金，金生水，註定唐僧離不開悟空，正是因為離不開，又造成了悟空的驕縱之氣，不把唐僧的話放在心上，常常自以為是，自作主張。這就需要一股外力來制約，來平衡，那就是上級領袖觀音菩薩賦予給唐僧的權力，讓他擁有緊箍咒，來制約悟空，以免悟空功高欺主。

有時候，這種平衡和制約並不能運用得恰到好處，悟空後兩次被開除，就是關係失衡的結果。五行是彼此依賴又互相制約的關係，金盛勢必導致水盛，而唐僧和悟空又屬於上下級關係，唐僧為陽，悟空為陰，陰陽協調，彼此才能平衡，才能相安無事。如今陰陽共強，自然導致碰撞激烈，必須有一方被清理出場，才能使衝突化解，這就是唐僧為何堅決要開除悟空的原因。

而從一體四象的角度來看，唐僧是人的本體，悟空是道象，道象是自然規律，這種規律並不以人的意志為轉移，故而常常會與人的認識和感情發生矛盾，這就是為什麼悟空固執己見，不聽從唐僧的命令，堅決打殺白骨精和劫匪的原因。恰恰是這種自然規律的作用，讓唐僧從感情上無法接受，有違他多年以來修身禮佛形成的對生命的認識和態度，進而導致師徒矛盾的爆發。因此，一個人要想修行成功，必須視有道為無道，視無道為有道，只有如此，才能達到非凡的境界。

八月飛雪：上司行賄，必有大罪

唐僧取經心切，通天河被阻後，恨不得生出一對翅膀飛過去。欲速則不達，正是因為他這種急迫的心理，導致忙中出錯，掉到通天河裡，被困了很久，還差一點賠上小命。

過通天河，書中每個角色的表現都不一樣，包括那些水裡的妖怪，蓋因通天河不是普通的地方，它是上下級關係的一個通道。面對上司的索賄受賄，悟空和八戒先去送禮，結果因為禮物太輕而吃了閉門羹。唐僧向來比較摳門，當然捨不得送禮行賄，進而得罪了領袖，被查封帳戶，隔離審查了幾天，直到悟空登門向觀音菩薩求情，並送了厚禮，才解救出唐僧，由千年老黿渡他們過江。

人常言，妖由心生。正是由於唐僧急於過江的迫切心情，才導致他出現了幻覺，以為八月天氣裡就會大雪紛飛，凍住河流，讓他踏冰而過。結果根本沒有下什麼雪，河流更沒有結冰，讓他掉進了水底，差一點送命。

退一步說，如果真的八月飛雪，河流結冰，按照天人合一的理論，那一定是人間出現了比竇娥還冤的冤情。而通天河的這場大雪是由一個鯉魚精變成靈感大王製造的，難道鯉魚精會有什麼天大的

冤情嗎？他可是觀音菩薩的手下，而且還有超強的本領，不像是蒙冤受屈的樣子。

按照吳承恩在《西遊記》中所寫，這大雪和冰凍，不過是鯉魚精製造的幻象而已，目的就是為了迷惑唐僧，設法捉到唐僧，吃了他的肉。既然沒有什麼冤情，只是唐僧被禮所困，這裡面的問題就來了。鯉魚精是觀音菩薩的手下，牠跑到了通天河，奪了千年老黿的位置，設計困住唐僧，最後解鈴還須繫鈴人，是觀音菩薩親自出面，一大早在自家的竹林裡編了個小竹籃，把鯉魚精收了回去，才解決這場糾紛。

如果把這些事串連起來看，就有意思了。唐僧被化身為靈感大王的鯉魚精所困，其中的靈感是什麼意思呢？是觀音菩薩的靈感，還是唐僧的靈感？鯉魚僅僅是鯉魚嗎？會不會是禮的隱喻？觀音菩薩為什麼要竹籃收魚，而不是用常用的捕魚工具：漁網和魚叉，哪怕是魚鉤也符合邏輯。竹籃是不是表示滿足的意思？還是表示攔阻的意思？在這些問題的引導下，我們必然會得出以下三種推想：

一種唐僧師徒快到通天河時，觀音菩薩突然來了靈感，要向唐僧師徒索賄，以此來考驗他們對待自己的態度，看看他們有沒有把她這個領袖放在眼裡。如果他們會辦事，即時送禮，就讓他們順利過河，誰知唐僧死心眼，不但不表示一下，還一門心思地想著過江。於是，觀音菩薩耍了手段，把唐僧困在水裡，直到送了禮，讓她滿意，才放他們過河去。

第二種推想是唐僧到了通天河邊，急著過河，就想到要向觀音菩薩送禮行賄，唐僧為禮所困，最後被觀音菩薩阻攔住，才打消了辦事靠送禮的念頭。

第三種推想是最有意思的，觀音菩薩透過靈感廟收受民間百姓的賄賂，這些賄賂顯然就是禮，因

為每年都是由觀音菩薩養的鯉魚精來收取，這一重大祕密被悟空和八戒偵破，並被八戒拿到證據。觀音菩薩害怕事情敗露，先是封了西遊公司的帳戶，誘使唐僧也掉進河裡，然後向唐僧行賄，試圖收買他，故而唐僧被上司的禮所困，不知如何處理。最後，還是觀音菩薩把禮收回，才令唐僧解脫。

不管以上三種推斷哪一種成立，都說明一個問題，那就是出家人修行想透過拉關係走捷徑，達到一個新的層次，反而欲速則不達，最後被複雜的人際關係所困擾。只有滿足了禮的需求，或者克制住送禮的慾望，擺脫人際關係的糾纏，超脫於世俗事務之外，才能有所提高，到達新的彼岸。

唐僧既然是一個佛門修行人的化身，自然就會被世俗各種慾望所困擾，如何在與世俗人打交道的過程中保持清醒的頭腦，做到一塵不染，確實是一個很大的考驗。觀音菩薩給他出了這麼難的一道考題，就是在考驗他處理佛家弟子與市井百姓之間關係的能力。因為佛家弟子少不了要面對世俗社會的各類施主，施主是他們的衣食父母，只有處理好與世俗社會的關係，佛門才能生存。所以，過了這一關，唐僧才能算是離得道高僧更近一步了。

三戲唐三藏：別拿妖精不當人

雖然唐僧一出世就失去了父母，但他畢竟是父母所生，即便是遁入了空門，也難免有思念父母的時候。

唐僧踏上西天取經路，孤單一人，背井離鄉，自然免不了思念自己的親人。這一天，他們師徒遇到一座高山，路陡難行，唐僧不禁心生畏懼，恰好此刻又飢又餓，便讓悟空去化齋。悟空不願意去，他說這半山中，前不著村後不著店，就是拿錢買也找不到地方。最後唐僧好說歹說，悟空害怕師父唸咒，才勉強答應去化齋。他飛到高處一看，這地方幾百里荒無人煙，連個人影都看不見，更別說找人家討飯吃了。這時候，悟空發現南山有一片成熟的桃子，便稟報給師父。唐僧聽了特別開心，急忙令他快去摘桃，自己則坐在石頭上休息。

在這種困頓的情況下，唐僧就開始想家了。在家千般好，出門日日難。想著想著，他可能就做了一個白日夢，夢見一個小夥子娶了個媳婦，並入贅為婿，媳婦年輕漂亮，賢慧善良，樂善好施。此時小夥子正在不遠處的田裡幹活，媳婦來給他送飯，恰巧路過這裡。因為那小媳婦是父母積德行善

而生下來的，所以她自己也一心向佛，對待和尚非常好，看見了唐僧，就急忙把飯先送給他吃。很可惜，飯還沒吃到嘴裡，唐僧的理智佔據了上風，意思是出家人怎麼能考慮別人的媳婦來給自己送飯吃呢？既然小媳婦的飯不能吃，那自然就會想到小媳婦的母親，八十多歲的老婆婆，白髮蒼蒼，慈祥善良，這樣的老婆婆來到眼前該多好，也不用不好意思了，該吃就吃，不至於在這荒郊野外忍飢挨餓。這想法一產生，又被自己的理智給說服了，理由是六十多歲的老媽媽怎麼可能繼續生育呢？可見這女兒是假的。由母及父，自然會聯想到女兒的父親，八十多歲的老翁，鶴髮童顏，精神矍鑠，來尋找他的老伴和女兒。既然出家人六根清淨，不能有世俗家庭觀念，那當然也不能留下老翁了，理智把這老翁也否決了。

人在受難時，常常容易胡思亂想，想的最多的往往是家庭和親情，而出家人又害怕動了世俗之念。一旦有了這種念頭，就容易心灰意冷，動搖修身禮佛的意志。唐僧是出家修行人的代表，由於離開家鄉，到異國去求學，路上的艱辛可想而知。悟空是這個出家人的心猿，也就是想像力和理智。對於一個人來說，情感和理智產生矛盾很正常，這種矛盾可能時時刻刻會有，有時可能很激烈，否則的話，人也就沒有必要修身養性了。

吳承恩在《西遊記》裡寫到妖精的時候，最後常常會讓妖精現了本相，本相也就是本來面目。悟空打殺的這一家三口，都是由一堆枯骨幻化而來的，而且還是一堆女人的屍骨。吳承恩這樣寫的目的，應該有兩個：首先是告訴我們，一個出家人之所以會想家，可能是因為在路上飢餓難耐的時候，正好看到一個女人的屍體，進而想到了家庭，想到一家人的幸福生活。其次，從佛理上告訴人們，色即是空，所謂父母妻子兒女，本質上都是一堆枯骨，沒有什麼值得留戀的，所以完全沒有必要建立什麼家庭，來享受天倫之樂，一切都是虛幻的，不值得出家人追求。

那麼，悟空打殺了白骨精一家，唐僧為什麼非常惱怒，一定要趕走悟空呢？這也非常好理解，那時候唐僧還沒有修練到超脫家庭，超脫父母親情的境界，家庭觀念很重，感情世界也很豐富，還不能容忍自己的理智那麼殘酷無情。另一方面，出家人愛惜生命，珍惜生命，不殺生，更不能輕易傷害人類。趕走悟空，是在告誡自己的理智，無論什麼時候，都不能有殺機，雖然出家人自己不能有家庭親情，但對待世俗人家的家庭，要友善，要維護，不可妄動殺機。

雖然事實證明，悟空沒有殺錯人，他打殺的只不過是妖怪，但唐僧的做法也沒有什麼錯誤。人要想徹底拋棄親情，徹底征服自己的感情世界，也不是一件容易的事情。外在的鬥爭可能很簡單，而內心的情感矛盾，可不是一時半會就能解決的。出家人能克制自己的行動，但要管住自己的內心，不動一點私心雜念，恐怕連神仙自己也難做到。

真假悟空：是非留給佛祖評定

人有公心，也會有私心。可是人心難測，誰也無法分清一個人做事，哪些是出於公心，哪些是出於私心。對待同一件事情，人可能會矛盾重重，既想這樣做，又想那樣做，既有為公的想法，也有為私的猶豫。真假孫悟空，就是一個人內心思想矛盾的結果。這種矛盾的心理，唐僧自己當然無法辨別得清，只能藉助別人的眼光，別人的角度，來弄個明白。所謂旁觀者清，就是這個意思。

中國人講究陰陽結合，陰陽協調，嘴上說一個想法，心裡一定有另一個想法，而且這兩種想法會截然相反。嘴上說沒關係、別客氣，心裡想的一定是不像話、沒禮貌。表面上誇你真厲害，很了不起，心裡一定充滿了蔑視，瞧你那熊樣，有什麼了不起。口中信誓旦旦一心為公，心裡盤算的是自己會有什麼好處和利益。悟空既然是唐僧的心猿，那就是代表他的思緒和想法。唐僧取經路上遇到困難，心裡有不同的想法，也非常正常，哪個人沒有心理矛盾的時候呢？面對西遊取經這樣艱難的事情，意志動搖、猶豫，開始打退堂鼓，都是正常的心理活動。

一個「悟空」感覺自己歷盡千辛萬苦，卻不為世人理解，心中充滿了委屈，有放棄的念頭；另一

個「悟空」卻意志堅定，非要西天取經成功不可，給外人看看，自己是有能力做成事情的。這兩種想法，都有賭氣的成分。兩個「悟空」對待唐僧的態度是不一樣的，一種想法對自己的所作所為充滿了抱怨，認為自己做這些出力不討好的事情沒有一點必要。另一種想法則認為自己太窩囊，應該振作起來，不能半途而廢，哀其不幸，怒其不爭。這兩種想法哪個對哪個錯？唐僧自己辨別不清，敵人和對手無法辨別，朋友無法辨別，領袖也無法辨別，最後只能從佛理上，判斷一下保持哪一種心理，最後才能修身成佛，達到自己的目的。

可以肯定的是，唐僧西天取經的路上，失望、委屈、抱怨等心理，肯定有過很多次。畢竟十幾年的背井離鄉，勞苦奔波，內心的波動和猶豫，在所難免。

唐僧做為老年人的化身，是一個意志堅定，內心充滿韌性的人。那些少年的心性，不可一世的氣概，火熱的激情，變化萬千的思緒，在他身上逐漸消失殆盡。往事不堪回首，沒有了少年人的激情和衝勁，雖然沉穩老練了，但也會死氣沉沉，沒有朝氣和生機，這就是唐僧趕走悟空後，為什麼會產生妖精的原因。兩個悟空是互相對立的兩種思想意識，對於唐僧而言，確實難以做出選擇，不容易割捨。一個牢騷太多，傷心斷腸，一個心高氣傲，自以為是，這些心性，都不是一個出家人應該有的，要克服內心這些五味雜陳的思緒，唯有加強對佛法的修習，加強意志品質的修養，用佛理的強大力量，克服自身的弱點。

少年人嫉惡如仇的特性與老年人軟弱善良的心地之間發生了衝突，才導致這場真假悟空的風波。在這場衝突中，青年人的性情是火上澆油，中年人的表現則是沉默不語，這也正是八戒和沙僧的表

現。悟空更多的是對未來取經之路的憂慮和設想，唐僧則考慮最多的是過去對待悟空的苛刻和愧疚，以及對悟空的依賴。

一個修行的人如果有了二心，勢必會造成混亂，使身體的修行無法繼續進行。所以書中說「二心攪亂大乾坤，一體難修真寂滅」。做任何事情都要一心一意，專心致志，否則就會一事無成。從唐僧的角度來看，他對自己的少年心性潛意識裡還是努力進行克制和打壓，一個人老了，少年心性可能越重，所以我們常常形容老人為老小孩，又說，人老心不老。但老人從自己理智出發，有時又不願意讓這種少年心性得到太多的張揚，畢竟一個出家修行的人，要保持住自己足夠的心智空明和冷寂，這樣才能心無旁騖，不被各種雜亂的思緒干擾，一心向佛，潛心參禪，悟透佛的至高境界。

這次風波以後，悟空的心智更加成熟，也就是預示著唐僧的少年心性逐漸收斂，並能很好地為自己的修行服務，不再出現那些嚴重的自我心理矛盾，思想更加成熟，目標更加明確，心性更加穩定了。

車遲鬥法：好人都讓你當了

人們在生活中遇到了困難，總會幻想自己具有某些超凡的能力，在眾人束手無策的情況下，挺身而出，一舉解決問題，讓眾人投來既羨慕又嫉妒的眼光，大大地炫耀一下自己，滿足一下自己的虛榮心。

唐僧師徒還沒有到車遲國，悟空就打聽到車遲國是一個敬道滅僧的國家，這對他們來說，可不是好消息。經過走訪，悟空發現這個國家的和尚都在當苦役，全部給道士打工，成了道士的奴隸。之所以出現這種情況，原因是在一場人工降雨的對戰中，道士求下來了傾盆大雨，解決了旱情，和尚卻一滴雨也沒弄下來。這是一個憑本事吃飯的國家，和尚們既然輸了，只好服服貼貼去給道士打工。

在儒釋道三教中，釋就是釋迦牟尼，也就是佛教，佛教屬於外教，剛剛傳入內地時，與本土的道教發生矛盾也很正常。兩個教派都要爭奪教眾，誰的教義更有用，誰的本事高，自然誰的教眾就多。車遲國裡，和尚不會人工降雨，無法解決車遲國的旱情，輸給會降雨的道士，被政府貶為道士

的打工者，也沒什麼冤枉的。有什麼本事吃什麼飯，技不如人，還不服輸，那就有點說不過去了。

佛教與道教，兩者的教義不同，對社會民眾所發揮的作用也不同，為此，權力階層對待他們的態度也不一樣。哪個對權力階層更有利，哪個就會得到大力提倡和弘揚，在爭奪教眾中就會佔據上風。這一點非常重要，一種宗教要想興盛，必須聯合那些具有話語權的權力階層，只有搭上政治這班快車，才能輕鬆佔據上位。佛教重在教化人心，玩的是人心的內在修養，積德行善、修身養性、人生輪迴，是它騙人的主要伎倆，很少玩那些裝神弄鬼的小花招。

而道教則不同，注重的是技術修練，透過修行練出超乎常人的本領，或者玩一些興雲佈雨的花招，或者變魔術，弄一些撒豆成兵的小把戲，或者練就長生不老藥，滿足人們長命百歲的願望。道教講究實用，都是實用主義者，尤其是面對常人無法解決的難題時，道教教導人們藉助外在的力量，來解決自己解決不了的問題，實現常人無法實現的願望。

佛教的人生觀比較消極，教人修行來世，意思是這輩子你受罪，不要緊，下輩子你就享福了。而道教教人投機取巧，透過一些所謂的道行，獲得別人不具有的本事和力量，以此來為滿足人們的私慾服務。對百姓來說，人們更喜歡道教，這起碼能讓人還有奢望和幻想，他們處於社會底層，受慣了欺壓，只能藉助道教非凡的超人能力來替自己剷除不平，報仇雪恨，宣洩心中的壓抑和不滿。而權力貴族階層，更喜歡佛教，因為佛教能夠幫助他們麻痺人心，讓人們安於現狀，逆來順受，更有利於統治者維持社會穩定，維護自己的特權地位。正因為如此，佛教一進入中原，就受到很多統治者的捧場，很快站穩了腳跟，流傳開來。

車遲國，就是奢侈國，佛教講究無慾，不提倡物質享受，道教講究奢華，喜歡享受物質的極致，以此來追求長生不老，所以仙丹、人參等物都是道教中的上品。車遲國鬥法，表面上是佛道兩家的爭鬥，最後是佛教擊敗了道教，獲得了國教的地位，實際上是道教自己打敗了自己。因為所有的鬥法，表面上看是由唐僧完成的，是佛的法力，其實，所有的把戲都是悟空完成的，而悟空正是道教裡的高手。由此可見，是佛教利用道教打敗了道教。

在整個鬥法中，唐僧坐享其成，當了個十足的好人，透過現象看本質，他除了打坐以外，其實什麼也沒有做。但是佛教為什麼能取得最終的勝利呢？原因就在於他的修心，心神穩定，不胡思亂想，平心靜氣，善於忍耐，最終憑藉超強的忍耐力，硬生生地熬敗了喜歡投機取巧的道教徒。同時，這次鬥法，也是佛教藉此機會，爆料道教的本領不過是用幻術欺騙人們，沒有鋼刀砍不下的人頭，沒有利劍剜不出的人心，沒有油鍋炸不爛的肉體。嘲笑道教玩的這些花招，對人生沒有什麼大用處，更無法令人超脫今生的痛苦，到達來世幸福的彼岸。

唐僧這次鬥法，其實就是他內心裡佛道兩教的矛盾思想鬥爭。他一心修佛，又感覺佛教沒有道教實用，無法解決現實的問題。這一矛盾心理，也是出家修行的人常常會面臨的問題，畢竟只修心，不能當飯吃。

三藏談詩：草木有情人無情

荊棘嶺八戒開路，是一個很惡俗的事情，這裡到處是荊棘，滿地腐臭的稀泥，八戒是用嘴巴為眾人硬生生地拱開一條路的。按照一體四象的說法，八戒不過是一個人的物象，也就是一個人真實的身體，身體經過這麼骯髒的勞動，那麼做為一個有靈魂有思想的唐僧來說，內心必然會喚起洗去污濁，超凡脫俗的高雅情節。一個人水準不一定非要怎樣，但要能折騰，這樣才越能表現一個人的價值。唐僧就是這樣的一個人，沒什麼本事，但始終能做出讓有本事的人自嘆弗如的事情來。荊棘嶺談詩，就是一個很好的例子。

正因為在荊棘嶺弄了一身污濁，所謂物極必反，唐僧竟然在夢裡吟詩弄月，風流了起來。看來，風雅韻事的情懷，每個人的心裡都會有。過程是這樣的：在荊棘嶺上過夜的時候，清風明月，詩情畫意，唐僧被幾個隱士邀請。那些人具有松竹梅的品格，孤傲高潔，飄逸瀟灑，風流倜儻，都是隱居山林的騷人墨客。

開始的時候，他們與唐僧一起吟詩賦詞，接著談禪論道，說到高興處，就開始最高的娛樂形式，

名伶歌伎表演歌舞，倚玉偎香，風月無邊。這時候唐僧才感覺有點過分，太過放縱自己的性情了，起身正想退離，被眾人拉拉扯扯，一直吵嚷到天亮，才被悟空等人叫醒，擺脫了夢魔的糾纏，原來是風花雪月的南柯一夢。

唐僧把夢境向幾個徒弟敘述之後，八戒竟然舉起九齒釘耙，一陣亂刨，把那些松啊，柏啊，竹啊，梅啊等象徵高雅的樹木，全都連根拔起，做了一次焚琴煮鶴的惡俗事情。

透過這件事情可以看出，出家人的生活很清苦，連這樣高雅有趣的事情也不能做，不能想。沒有風月情懷，了無生趣，形同枯木。這樣摧殘人性的生活，難怪出家當和尚的人少。可見，要想成為一個得道高僧，不僅要戒肉吃素，還要在精神上耐得住寂寞，來不得半點放縱淫逸，哪怕是心旌的搖動。

松竹梅等植物沒有錯，卻被八戒給蹧蹋了，僅僅是因為風花雪月了一回，就值得如此大打出手嗎？從這個角度講，這些出家的和尚才是真正的俗人，一點也不懂得高雅清逸。如果深究，其實這是佛家與儒家的一次思想衝突。

儒釋兩教，既有相似之處，又有矛盾的地方。儒家也講究出世，但儒家的出世與佛家的消極被動不同，儒家的出世是積極的、主動的，以退為進，出世的目的是為了入世。有時候這樣做可以增加自己的神祕感，提高自己的地位，以此增加入世後的籌碼。古代戲曲裡出來進去的兩個門，一般為出將入相，意思很明白，出去當將領，目的就是為了回來當宰相。儒家的隱士講究的是一種品格，他們推崇松竹梅等植物的品格，以此自喻，格物齊致，表明自己乃超凡脫俗之輩，不與世俗同流合

污。一旦名聲遠播，引起權力階層的注意，就可以大搖大擺地出山，上任為官。

唐僧做為一個出家人，當然不能有這樣的閒情雅致，出家人對心性的磨礪，要比儒家的隱士們嚴酷得多，詩詞歌賦本屬於淫逸之興，對出家人守性固本，並沒有好處，反而會因為放縱而失去堅毅和理性，頓生懈怠之心，迷失本性。唐僧雖然對這種雅興有所迷戀，但理智告訴他，不能涉足於此，所以當八戒真的砍殺那些松竹梅的時候，他也默認了，根除了這種想法，他離無情無欲的佛家大境界，也就不遠了。

吳承恩似乎是一個儒生出身，年輕的時候狂放不羈、輕世傲物，很有古代文人墨客的隱士風範。但屢次參加科舉，都沒有考上，讓他羞憤交加，也開始對儒家的學說產生厭惡之情。大概正是自己的親身經歷，讓他發覺到這種習氣的害處，所以藉助《西遊記》裡八戒之手，對其大加撻伐，欲斬草除根而後快。

同樣在出世這一點上，儒家顯然不如佛教來得徹底，佛家的出世才是真正的出世，講究的是心性澄明，一塵不染，不為世俗的功名利祿所動，修的就是沒有一點私心雜念。這樣才會與世無爭，超凡脫俗。

唐僧荊棘嶺談詩，既是對儒家隱士之風的迷戀，也是對這種風氣的批判，雖然矛盾，但也符合常理。畢竟唐僧從小就生活在上千年儒家文化浸淫的中原大地，要想徹底擺脫這種文化的影響，還真的要下一番工夫。

情陷女兒國：你的柔情我假裝不懂

對付妖精，唐僧能夠做到鐵石心腸，毫無憐憫之心，而對付人，唐僧就為難了許多。人非草木，孰能無情。真正遇到了心儀的女子愛上自己，唐僧往往也會感到棘手，不知道該如何處理是好。在女兒國，唐僧就遇到了這樣難題，這是西遊取經以來，第一次遇到真正的女人愛上他的這樣問題。不僅如此，問題難就難在女兒國國王是真心愛上了他，不帶一點世俗的功利，是純潔的愛情，高尚的愛情，這使唐僧面臨一個巨大的考驗：如何才能既不傷害女人的心，又不耽誤自己的修行呢？在這種矛盾的心理中，妖精就出現了，不僅解救了唐僧，也使女兒國國王不至於陷入尷尬的情境之中。

唐僧情陷女兒國，不過是出家人的又一場白日夢罷了。人們常說，老來多相忘，唯不忘相思。一個人一生要是沒有遇到過愛情，那也是很可悲的事情。出家人雖然不能愛女人、娶老婆，但內心裡未必不想這些事情。唐僧是人，既然是人，就脫離不了人性，無論他言行上如何戒情慾，也無法戒掉內心所思所想，無法戒掉潛意識裡男女情愛的慾念萌動。現實裡他當然不能談情說愛，娶妻生

子，但並不代表他不會做這樣的美夢。

《西遊記》這本書幾乎演示了一個人世俗生活裡所有應該經歷的事情和應該體會的情感：家庭生活、養老送終、親戚鄰里、吟詩作賦、請客送禮等等，就差做夢娶媳婦這件事了。

這個白日夢，是一個完整的愛情婚姻故事，夢中結姻緣，一見鍾情，媒妁之言，結婚喜誕，親戚朋友吃喜酒，婚宴辦得十分隆重熱鬧。而且郎才女貌，女方有金錢有地位，端莊賢慧，婚後還可以當上一國元首，不論是誰，娶這麼個好老婆，夜裡睡覺都能夠笑醒。

其實這是一場騙婚，玩的是一夜情，見光死。身為出家人，也只能做做這樣的夢。做為身體象徵的八戒說，「這事好，我支持」，做為理智代表的悟空說，「要將計就計，答應這樁婚姻，等騙來護照簽證後，溜之大吉。」總之，這是一場騙局，愧對了女兒國國王的一片真心。其實，世上當然沒有什麼女兒國，之所以把這場婚姻夢安排在女兒國，不過是為了讓人看上去更合情合理罷了。

當然也有人說，女兒國不過是妓院，因為題目中就說了，那是煙花之地，所以才沒有男人。有意思的是，唐僧師徒都是出家人，怎麼會明知故犯，違背戒令，去逛妓院呢？顯然不符合情理，吳承恩在題目中提到的煙花，不過是放出的煙幕彈而已。到了下一回，被琵琶精弄去，才是真正的妓院娼門。為什麼會有後來的琵琶精作亂，原因就是這場白日夢攪亂了出家人的心性，導致心魔叢生，妖怪出世。看來，這一切都是愛情惹的禍。

要說唐僧沒有對女兒國國王的似水柔情動心，那一定是假的，正因為如此，才讓他進退維谷。還是悟空的主意好，既滿足了他的美好婚姻夢，又不至於破壞了出家人的規矩，明修棧道暗渡陳倉，一舉兩得。既然有了這樣的私心雜念，才受到了懲罰，讓他經歷一次真正的女色考驗。

娶妻生子，對於國人來說，是人生的四大喜事之一，「久旱逢甘霖，他鄉遇故知，洞房花燭夜，金榜題名時。」由此可以看出婚姻對人的重要性。古代男人成年之後，如果不去娶妻結婚，是大不孝，會受到社會的譴責和唾棄。不孝有三無後為大，所以男人都會想方設法娶個老婆，成家立業。

唐僧做為土生土長的中華人，自然會受到這種傳統思想的影響，雖然他已經當了和尚，但這種無法娶妻生子的遺憾一定是有的。這種想法雖然說不出口，但是做做夢總還是可以，生活中不能實現的事情，在夢中實現，也算聊以自慰了。

在做這個美夢之前，唐僧藉助悟空的嘴巴，找的藉口還很耐人尋味。悟空說，「要是動武很簡單，我一陣亂棍，就把這一城的人都掃光了，可是不能這麼做。師父積德行善，不殺生，那只好來文的，辦法就是順手推舟，你先當一天新郎，玩一次一夜情，然後見光死。」有了這麼好的理由，唐僧自然就是半推半就，聽從悟空的安排了。

小雷音寺被擄：妖怪追的是我，我追的是佛祖

俗話說，心急吃不了熱豆腐，越是接近目標的時候，人越是心急，恨不得立刻飛到目標那裡。越是如此，越容易功虧一簣。唐僧經過多年的奔波，眼看就到了西天極樂世界，那種急迫的心情就更加強烈，看見了雷音寺，也不管小不小了，一頭進去就要拜佛求經。這樣急迫的心情，難免會忙中出錯，惹下麻煩。

剛剛看到小雷音寺時，悟空就發現其中有假，因為悟空去過真正的雷音寺，知道路怎麼走。到了小雷音寺門口，悟空又發現了問題，這個雷音寺雖然外形貌像正宗的雷音寺，但門牌上多了一個「小」字，寫的是「小雷音寺」。進了大門，悟空感覺不妙，說還是要謹慎為好。這個時候，唐僧拜佛心切，可顧不了這些了，不管真佛假佛，只要有佛的模樣，便納頭就拜。沒想到正中了妖怪下懷，一張網抓得正著。

妖怪們之所以能把唐僧逮個正著，正是利用了他的急切心理。唐僧晝思夜想的都是雷音寺，巴不得一眨眼，雷音寺就在眼前，進去取了經及早回家。想的多了，滿腦子可能都是雷音寺，就出現了幻覺，就像看到海市蜃樓一樣，無法辨別真假，也無心辨別真假了。就這樣，唐僧進入了癡迷的狀態，不分青紅皂白，把彌勒佛手下的下屬當成了如來佛祖。思佛心切，反被佛困。

每次妖怪捉了唐僧，都揚言要吃唐僧肉長生不老，但每次都有這樣或那樣的理由，把唐僧捆了放在一邊不吃，給悟空留出施救的時間，最後還是平安無事。這裡面有一個問題，一直令我困惑不解，既然唐僧肉那麼好吃，功效那麼大，吃一口就長生不老了，為何這些妖怪們抓到唐僧後，不立刻就吃，而是非要等到黃花菜涼了之後，等悟空從容施救呢？很多妖怪給出的理由是，要嘛害怕悟空報復，要不就是得等到請來親人朋友一起分享。

其實這兩個理由都說不過去，第一，既然吃了唐僧肉可以長生不老，還怕悟空報復什麼？反正是死不了了。第二，即使是請親人朋友一起分享，也完全沒必要等人到齊了再開刀，完全可以自己先吃，留下唐僧的大部分肉，邀請親戚朋友舉行宴會就可以。由此可見，並非妖怪不著急吃唐僧肉，而是吳承恩不讓妖怪吃，真吃了唐僧，那這本《西遊記》就沒法寫下去了。這是一個人為事件，而不是事物本來應該有的面目。

整本《西遊記》，都是妖怪拼命追唐僧，而唐僧拼命追佛祖，事情就陷入了這樣一個連環套：每當唐僧追佛祖追得心裡不耐煩了，產生急躁情緒、不滿想法，妖怪就會即時地跳出來，把唐僧捉走，滿足他的心願，讓他過一把心想事成的癮，然後悟空再把他拉回正軌，重新一心一意的修行禮佛。每次從妖怪手裡逃出來，唐僧就克服了一種慾念，離修行成功就近了一步。這樣的把戲玩多了，不僅妖生妖，連佛都生妖了，雪上加霜，好像老天故意跟他過不去，加大了考驗他的籌碼，最

後竟然弄一個假雷音寺來糊弄唐僧，以此平復一下他急躁的心情。

雷音寺的黃眉老佛，不過是個黃口小兒，連小孩子都知道唐僧被求佛這件事弄成了癡呆傻，設個小圈套就能引他跳進去，可見唐僧走火入魔的程度有多深了。最後唐僧還是被小孩子騙得去買了顆西瓜吃，哄得小孩子開心大笑，才算被小孩子放過。事有反常則為妖，唸經求佛也一樣，過分的癡迷，違反了修行的規律，同樣會受到規律的耍弄和嘲笑，結果又要回到起點，開始新的輪迴。

有了小雷音寺的這次教訓，唐僧的心情平靜多了，這也讓他認識到，取經的路還很漫長，要有耐心，羅馬不是一天建成的，只有耐心才有收穫。

唐僧身陷小雷音寺，說明他因為求佛心切，心情一定很壓抑，很鬱悶，很少有開心一笑的時候。為此，才有了彌勒佛出面為他做的這次心理治療，目的就是為了博得他開顏一笑，緩解心理的壓抑，千萬別憋出毛病來。

玉兔扮公主：男人要吃，女人要嫁

唐僧與月亮上的玉兔的糾葛，來得有些突兀。那時候，唐僧得了一場天花剛剛痊癒，離佛祖辦公的雷音寺也已經不遠了，突然冒出了一個玉兔精，非要和他成親不可，怎麼看，都有些令人費解。後來看到悟空向唐僧提起唐僧的母親因為拋繡球而喜結良緣的故事，才恍然大悟，原來唐僧是想娘了。這也難怪，夜深人靜，皓月當空，此時此刻最令那些遠在他鄉漂泊的遊子思念親人了，所以古人多有明月寄相思的說法，像李白的：「舉頭望明月，低頭思故鄉。」蘇東坡的「但願人長久，千里共嬋娟。」等等名詩佳句，都是寫月夜思念親人的。嬋娟，就是夜晚高掛天上的月亮。為什麼看見月亮就會思念親人呢？因為這個時候，月亮就像一面鏡子，既能照見自己，也能照見相隔萬里的親人。

唐僧大病初癒，死裡逃生，想起這一路的奔奔波波，九死一生，不免心生感慨。這時候夜深人靜，明月高懸，不由得不想起自己的母親，那種思念親人的情感，不是一般人所能體會得到的。對著皎潔的明月，唐僧回憶起自己母親的坎坎坷坷，不僅喚起對母親的無限思念，還因為天人感

應，觸動了月宮裡玉兔的心思。她被唐僧感動了，決定效仿唐僧的親娘，也給唐僧一個驚喜，讓他也享受到繡球姻緣的幸福感覺。於是她下凡為妖，化身為尊貴無比的一國公主，向唐僧拋出飽含深情的繡球，進而上演一幕凰求鳳的愛情大戲。

顯然，唐僧因為思念親娘，進而做了這個被繡球砸中，成就千古愛情佳話的美夢。這個夢是唐僧西遊到了天竺國的時候才做的，他把自己的夢中情人定格在了天竺國國王的女兒身上。可能這位公主人雖然漂亮，但人品可能不怎麼樣，一點也不賢慧，所以唐僧只能在夢裡對她進行更換，把她換成了月宮的玉兔，披著公主的畫皮，有著大家閨秀端莊賢慧的美好品德，這樣表裡如一，就完美了。有了這麼好的女子向唐僧拋繡球，他可以給他親娘一個交待了：「不是沒有貌若天仙的女子向我拋媚眼，而是因為我是出家人，不能娶老婆，否則我非給您老娶回個公主當兒媳婦不可。」

唐僧有了這樣的心思，自然麻煩就會找上頭來。他是出家人，而且很快就到西天極樂世界了，取經成功在即，這時候想起這些，有些向他親娘表功，又有點就這樣當一輩子和尚，無法娶妻生子，無法滿足親娘心願的不甘，很有一些像迴光返照似的心理補償行為。

對與唐僧來說，越是接近修行成功，成為得道高僧，他就會越覺得對不起自己的父母，尤其是自己的親娘，含辛茹苦生下自己，不僅沒有享受到一點天倫之樂，而且連常人的生活都沒有過上一天，更不用說孝敬侍候老人，為老人娶個兒媳環伺左右，生兒育女，傳宗接代了。

愧對父母，可能是唐僧一生最大的心事了。可是做為出家人，要想有所成就，就須克服這種心理。這一關，恐怕是最難過的一關，所以吳承恩把這一關的考驗，放在最後。心病還需心藥醫，吳承恩恰到好處地把這道考題交給了月宮專門負責搗藥的玉兔，由她來完成這次測試，不僅準確合理，效果奇佳，而且生動感人。

月亮乃是至陰，唐僧大病初癒、思鄉之情即起，陰氣乘虛而入，招來玉兔作亂，也是在所難免的事情。書中交待，玉兔精之所以要拋繡球給唐僧，要招他做老公，目的很明確，就是為了採陽補陰，玉兔有了唐僧的元陽真氣，就可以成為太乙上仙了。這一套道家的陰陽互補理論，導致很多教條主義男女交合的笑話，什麼採陰滋陽，採陽補陰，都成了道家人物淫亂的理論依據。這些做法，正是佛家所唾棄的，這也是兩教的重要差別，佛家在這一點上，比道家更得人心。過了愧對父母親情的這一關，唐僧離功德圓滿，修身成佛，已經不遠了。前方等待他的，正是夢寐以求的西方極樂世界。他的取經大業，不久的將來就會順利完成，畫上圓滿的句號。

第八章

雷音寺端坐如來佛祖

——送人要蓋棺，送佛到西天

打壓你不用請示

翻手五指山：打壓你不用請示

如來佛祖在《西遊記》裡，代表的是佛的思想和佛的理念，而不是具體的人。如果說《西遊記》寫的是一個人從出了娘胎就遁入空門，成了佛家弟子的故事。那麼，這個人一定很早就接觸到佛的思想理念，受到佛的影響。

悟空大鬧天宮，天庭裡沒有人能收拾得了他，玉帝便請來如來佛祖當幫手。如來佛祖神通廣大，牢牢地將悟空控制在手心裡，最後一翻手，就把悟空壓在五指山下。五指山，就是人的五個手指頭，悟空被如來佛祖壓在五指山下，說的就是悟空被佛的理論控制住了。

據傳說，如來佛祖翻手為山，打壓悟空的時候，正是漢朝王莽篡政的時期，悟空造反，王莽篡政，好像弄了一個天人感應，藉此機會推出佛教，彰顯佛教的威力，真可謂用心良苦，費盡心機。悟空代表的是一個人的心猿，佛教把一個人的心猿壓在手掌下，一壓就是五百年，這說明了什麼問題？悟空是道教的產物，道教的心猿造了道教自己人的反，好像是說道教內部出了問題，道教已經不能教化人心，不能服眾，所以才出現了悟空鬧天宮，王莽篡政。這時候就需要佛教的力量介入，要藉助佛教這種外力來教化人心，壓制人們骨子裡的反抗意識。

悟空在五指山下一壓五百年，正好是從王莽篡政到李世民建立大唐這一段時期，期間經歷了東漢，三國，兩晉，南北朝和隋。這麼長一段時間裡，人們的心猿始終被壓在佛教的手掌下，動彈不得。很有意思的是，悟空大鬧天宮，也就是王莽篡政時期，佛教並沒有傳入中國，也就是說，如來佛祖翻手把悟空壓在五指山下這件事，純屬於捏造，是佛教自己臉上貼的金，目的很明顯，就是為了表現自己的厲害，為後來解救出悟空，也就是解救人心，埋下伏筆。

按照佛教一體四象的說法，悟空是一個人的道象，道象就是自然規律，道象被壓制，也就是說五百年的時間裡，人們的思想發展，都是違背自然規律的，只有佛教才能恢復解救人們的心靈，恢復人們思想發展的正常規律，這就是如來佛祖打壓悟空的真實用意，其用心是非常險惡的。

如來佛祖打壓悟空前，還有個小細節，非常耐人尋味，就是悟空被太上老君在八卦爐裡煉了七七四十九天，沒有被煉成爐渣，反而練成了火眼金睛，金剛不壞之體。關於太上老君，在《西遊記》第八十六回中，悟空有這樣一句話：「李老君乃開天闢地之祖，尚坐於太清之右；佛如來是治世之尊，還坐於大鵬之下；孔聖人是儒教之尊，亦僅呼為夫子。」這一番話說得極為透徹，而且具有實效性，它將儒釋道三家並列而論，如來和孔子自然是釋儒兩派的掌門人，由此可知，雖然天庭的政治領袖是玉皇大帝，但道教的實際精神領袖，依然是這位太上老君。

在歷史上有一部大有爭議的道教經文《老子化胡經》，其主要內容就是「老子化胡為浮屠」，宣傳說老子到印度，在那裡變成了佛，建立了佛教，並開始對印度人實行教化，這就是所謂的「老子化胡」。當然，從歷史的角度看，這只是道教為了獲得對佛教的優勢而編造的故事而已。

既然道教的天下裡，已經沒有人能對付得了悟空，這時候如來佛祖出現了，也就是佛的理論和說法的出現。佛法無邊，無論悟空神通多麼廣大，多麼能折騰，也逃不出如來佛祖的手心，也就是說，你道教的水準再高，本事再大，也逃不脫佛家的手心。這也是在告訴人們，道教不如佛教，為佛教的大舉入侵而造勢。並且用王莽篡政這一現實提醒人們：「你們道教已經無法教化好人心了，還是把人們的思想教育和心理疏導的重任，交給我們佛教吧。」

非常有意思的是，壓住悟空的五指山，只是靠一張紙來控制，揭去此張紙，悟空就能掀掉壓在身上的沉重負擔。為什麼五百年間，沒有人跑到山頂揭掉這污紙，解放出悟空？難道非要等到唐僧出現，受到觀音菩薩的點化，才敢也才能做這個事情嗎？顯然是佛家為了增加自己的神祕感，故弄玄虛，矇騙百姓的。

中國的佛教，歷來秉承的都是「人間佛教」的理念，與道教一樣，佛教的存在，完全是為了解決人的問題，一切以人為本，圍繞人的生存需要來展開，根據人的發展需要進行取捨。佛教的引進和興起也是如此，例如本故事裡如來佛祖的出現就是因為天庭裡發生了內亂，為平息內亂才邀請如來佛祖介入，其目的就是為了解決權力階層面臨的現實問題。

直到今天，佛教在中國也帶有很大的功利主義色彩，很多出家當和尚的人，並非是因為愛佛敬佛，一心想要修練成得道高僧，而是因為在現實生活中處處碰壁，生活不得意，心灰意冷才躲入空門，逃避現實的。還有一部分人，就是為了混口飯吃，這些人把當和尚當成一種職業，一種謀生的手段。普通百姓燒香拜佛，多數也是為了讓佛保佑自己平安無事，升官發財的。悟空從被彈壓到皈依佛門，說明了佛教壓制道教，最後征服道教的一個過程，吳承恩明顯有揚佛抑道的嫌疑。

一鉢收二猿：一加一我說等於一

悟空因為違背唐僧的意願，打殺劫匪而被開除，導致出現真假兩個悟空的局面。從唐僧到觀音菩薩再到玉帝，沒有能辨出真假，最後官司打到如來佛祖那裡，才有了結果。

關於真假悟空這個問題，為什麼做為同事的沙僧辨別不清，做為頂頭上司的唐僧辨別不清，做為上級領袖的觀音菩薩辨別不清，做為國家的最高領導人的玉帝辨別不清，做為對手的太上老君辨別不清，而只有如來佛祖才能分辨得清呢？這是個非常有意思的問題，也是非常關鍵的問題。

一個是真悟空，一個是山寨版悟空，而且山寨得非常逼真，幾乎沒有人能辨得清，唯獨如來佛祖能分別得清，既然如來佛祖代表的是佛教，那就是說，只有佛法佛理才能分辨明白。正如如來佛祖笑話大家時說的話一樣，「汝等法力廣大，只能普閱周天之事，不能遍識周天之物，亦不能廣會周天之種類也。」「周天之內有五仙：乃天、地、神、人、鬼。有五蟲：乃蠃、鱗、毛、羽、昆。這廝非天、非地、非神、非人、非鬼；亦非蠃、非鱗、非毛、非羽、非昆。又有四猴混世，不入十類之種。我觀『假悟空』乃六耳獼猴也。此猴若立一處，能知千里外之事；凡人說話，亦能知之；故

此善聆音，能察理，知前後，萬物皆明。與真悟空同象同音者，六耳獼猴也。」如來佛祖說的道教裡的分類，並未提到佛教裡怎麼分類，都有哪些種屬，明顯是嘲笑道教連自己的分類都搞不清，問題出在哪裡都不知道，只看事情的現象，弄不清事情的根本，自然就解決不了問題。

最後，如來佛祖用金缽盂制伏了假悟空，讓假悟空現出了原形。金缽盂是什麼呢？就是佛家用來討飯的金飯碗。用佛家的飯碗來收伏假悟空，這本身就非常有象徵意味。

假悟空之所以既不入五仙行列，也不歸五蟲隊伍，原因就是這種東西根本就不存在，不過是人的一種意念而已。悟空與唐僧鬧了矛盾，自然就會心生二心，一種心思是認識錯誤，改正錯誤，繼續保護唐僧去取經，這個心思光明正大，可以大張旗鼓地說出來，喊出來，為此真悟空去觀音菩薩那裡訴苦，表明自己這方面的心跡。同時，他還有一種心思憋在肚子裡沒有說出來，那就是假悟空。

他的另一種心思就是，「你唐僧不要我，我完全可以自己去西天取經，離開你唐僧，地球照樣轉，經也照樣能取。」表達的是悟空不服氣的一面。這是一個人內心的思想，當然外人無法猜到。既然如來佛祖不是一個具體的人，代表的是佛理佛法，那麼在佛理佛法面前，悟空就會發覺到，自己是個出家的和尚，還得靠西遊取經吃飯，丟了這個金飯碗，那就沒有立足之本，所以思想上就想通了，打消自己那個不服氣的念頭，假悟空自然就被消滅了。

所謂佛法無邊，善於教化人心，在這裡就得到了充分的表現，這是一個利用佛教理論進行心理輔導的過程。一加一之所以會等於一，即是出家人要統一體認，不要朝三暮四，離開了修行禮佛這條路，可能就會丟掉飯碗，哪頭輕哪頭重，還得仔細掂量掂量。受點委屈和離職待業，哪個來得更划

算。

如來佛祖利用真假悟空這件事，再一次開始佛教的宣傳活動，藉機把佛教的神奇功效大加宣揚，來了一次佛教知識普及活動，收到了明顯的效果，讓廣大的聽眾心服口服。尤其讓悟空徹底發覺到了西天取經工作的重要性，明白了取經成功與否，牽扯到自家的飯碗和前程，從此再也不敢胡思亂想，而是死心塌地跟著唐僧去完成西天取經的重任。

悟空不過是一個出家人的心猿，也就是心理活動，那麼真假悟空的出現，實際就是表現出家人內心的矛盾。言為心聲，真假悟空的話道出了出家人兩種矛盾的心理。這種矛盾的解決方式，對於出家人來說，肯定是得認真學習佛法佛理。一旦真正理解了佛法佛理的含意，認識佛的奧妙，就會克服自身的矛盾心理，統一體會，潛心修佛，最終修成正果。經過如來佛祖這次的開導，唐僧從此做到身心一致，不僅修身，也更加注重修心，從思想意識上全面認識佛的神聖和偉大。

一體拜真如：

烏雞白鳳丸，佛祖的心頭大患

俗話說，吹牛皮不犯罪，但牛皮吹大了，也會惹出麻煩。正因為悟空與人比賽吹牛，結果引出了《西遊記》裡最大規模的妖精團隊，這個妖精團隊到底有多大的規模呢？說出來嚇死人，一個國家和一支軍隊，加在一起四萬七八千個妖精，足夠武裝一個大型集團軍了。這個妖精團隊駐紮在哪裡呢？他們就駐紮在獅駝嶺和獅駝國，老大青獅精和老二白象精鎮守獅駝嶺，老三大鵬金翅雕駐紮在獅駝國。尤其是老三大鵬金翅雕，不僅吃掉了獅駝國國王，還把一國的百姓全吃了，弄的整個國家成了妖精王國。

聽說這麼一個可怕的去處，唐僧嚇得從馬上跌了下來，八戒也嚇呆了，只有悟空不以為然，與人吹噓，自己多麼多麼厲害，曾經大鬧天宮和地府，打敗了多少天兵天將，連玉帝、太上老君都和他稱兄道弟，結果如何呢？悟空一吹自己本領高強，人家妖精就出來一個一口吞下十萬天兵的厲害角色，悟空一吹自己人脈廣，連玉帝和如來佛祖都得給面子，結果對手就出來一個如來佛祖的娘舅，連如來佛祖都得讓他三分，更別說其他人了。這次悟空的吹牛大賽，輸了個底朝天，最後只好請出

如來佛祖幫助他收拾殘局。

這個妖精王國，為什麼勢力這麼大，敢如此明目張膽，大張旗鼓地佔地吃人呢？原來這三個妖精都是背景深厚，大有來歷，都是上頭有人的妖精。三個妖精都和上層領袖攀上了關係，有領袖做保護，他們當然可以膽大包天、為非作歹了，悟空鬥不過他們也情有可原。

那麼這三個妖精都有什麼背景？和哪些領袖扯上了關係呢？原來，老大青獅精是五臺山文殊菩薩的專職司機，老二白象精是峨眉山普賢菩薩的專職司機，老三大鵬金翅雕最厲害，是如來佛祖的娘舅，有了這些靠山，別說悟空，就是玉帝，也奈何不了他們。

那麼，這隻大鵬金翅雕，怎麼成了如來佛祖的娘舅了呢？原來這裡面還有一個精彩的傳說：如來佛祖年輕修行時，曾被一隻孔雀吞下肚去，如來佛祖想從孔雀的肛門裡出來，怕玷污了自己，就在孔雀的後背上開了個口，從後背上跳了出來。他想殺了孔雀，眾人就勸他說，你從孔雀的肚子裡跳出來，殺孔雀就像殺母親，如來佛祖聽了，不僅沒有殺孔雀，還封她做了大官。大鵬金翅雕與孔雀一母所生，也就水漲船高，自然而然就成了如來佛祖的娘舅。有了這個身分和地位，誰還不讓著敬著這隻大鵬呢？這大鵬趁機佔了一個國家，自己當起國王，眾官和百姓敢怒不敢言，只能任由這些妖精為非作歹。看來，不管是人還是佛，都會徇私枉法，講究人情關係。

這次大鵬金翅雕扣押唐僧，正給了如來佛祖一個藉口，他也覺得大鵬金翅雕的任意胡為已經影響到他的形象，破壞他在百姓中的威信。於是，他藉機說服了大鵬金翅雕，把他從獅駝國調離，換到一個新的地方，給他了一個地位更高，待遇更好的職位。看來官官相護，刑不上大夫的情形，人間和佛界都是一樣的。

也有朋友說，獅駝國這個故事，是唐僧師徒干涉他國內政，幫助一個國家反腐打黑，並最終取得成功的經過。這樣說，也能說得過去，這很像當今社會的一些地方政府長官，仗著自己與政府高官的私人關係，在地方上任意胡為，搜刮民脂民膏，把一個地方搞得烏煙瘴氣，民不聊生。最後只好藉助外部力量，促使政府把這些長官調離，還給地方一個安寧。

按照吳承恩的本意來看，他是寫一個出家人，被自己的心魔亂了本性，最後透過佛法佛理的教導，才走上正軌。這些心魔有人的恐懼心、虛榮心、私利心。禍從口出，鼻子嗅出的恐懼，利用私人關係牟取私利，這些都是一個人的心魔，只有消除了這些心魔，克服人的各種私心雜念，人才能看見真正的佛，看清事物的本質，達到一體見真如的境界。

如來佛祖被孔雀吃掉，從孔雀肚子裡出來後，不僅不記恨孔雀，不殺孔雀，反而以德報怨，封孔雀為高官，連同孔雀的一母同胞也跟著沾光，藉此來宣傳佛法的積善行德，包容萬物的博大胸懷。這個用事實來普法的行動，效果當然出奇的好，連如來佛祖都不計前嫌，別人還有什麼理由睚眥必報，互相仇視呢？與人為善，放下屠刀，立地成佛，就是佛家至理。

如來的公關術：

我給你陽光，你替我燦爛

俗話說，兄弟生隙，外賊入裡。悟空為唐僧畫個圈，唐僧就往裡跳，八戒卻慫恿唐僧跳出圈外，結果就中了妖怪的圈套。所以人們常說，疑心生暗鬼，彼此不相信任，互相猜疑，自然就會惹出禍端來。

這是一個套圈的故事，自己人套自己人，然後被外人套，弄成一個連環套。悟空要去討飯，就畫了個圈，讓唐僧和八戒、沙僧鑽了進去，悟空說這是為了他們師徒三人的安全，他的圈套就是銅牆鐵壁，躲在裡面不出來，妖魔鬼怪就進不去。唐僧倒沒覺得什麼，八戒不願意了，他說這是悟空騙他們，畫個圈讓他們往裡跳，畫地為牢，把他們圈在這裡任憑風吹雨打，忍飢挨餓，而悟空卻不知躲在哪裡逍遙快活。八戒的一番見解，讓唐僧恍然大悟，他們決定跳出悟空的圈套，去尋找一個避風向陽的好地方，慢慢地等悟空討飯回來。

很顯然，八戒這時候對悟空已經非常有意見，開始挑撥唐僧和悟空之間的關係。正是因為西遊團隊出現了這樣的矛盾，一個叫獨角兕大王的妖怪乘虛而入，用圈套套走了唐僧師徒。悟空解救了幾

次，還搬來救兵，不僅沒有解救出唐僧，而且救兵也中了妖怪的圈套，被妖怪套走。悟空沒辦法，只好去求如來佛祖幫忙，如來佛祖派出自己的手下帶著自己的金剛砂來幫助悟空，並讓手下告訴悟空，如果自己的手下幫忙也不管用，就請悟空去找太上老君。

悟空是一個冰雪聰明的人，當然知道如來佛祖這句話的意思，知道如來佛祖提示他，這次遇到的麻煩，是太上老君搞的怪。果然，如來佛祖的金剛砂不管用，那些砂子撒出去以後，也被妖怪給套走，可見這個妖怪來歷不一般，神通很廣大。

悟空按照如來佛祖的提示，找到太上老君，一調查才知，原來是太上老君的手下在作怪。太上老君一出面，問題當然迎刃而解了。在此事件裡，每個人都充當出賣者的角色。八戒出賣了唐僧，唐僧出賣了悟空，悟空出賣了如來佛祖，如來佛祖出賣了太上老君。而如來佛祖對太上老君的出賣，成了解決這次危機的關鍵。

那麼，如來佛祖是出於什麼目的，把這事搞得神神祕祕，透過自己手下的口，點化、提示悟空，而不是直接告訴他呢？一方面可能是忌憚他和太上老君的私人關係，不好意思直接點破，那樣會得罪太上老君。另一方面也可能表示著：「這是你們道教內部的事情，自己也不好意思摻和太多，給你悟空提供線索，已經很對不起太上老君了，完全看在你保護唐僧西天取經不容易的份上，才答應幫你。幫你到這個份上，已經非常夠意思了。」

如來佛祖利用道教內部鬧出的矛盾，既間接敲打了太上老君這個高傲的老頭，又拉攏了唐僧師徒，尤其是拉攏了悟空，促使西遊取經團隊與太上老君的矛盾進一步加深。而賣了個人情給悟空，

就更拉近了悟空和自己之間的距離，逐漸瓦解分化了道教，增強了佛教的勢力和影響。

這個故事也從另一個角度說明，道教之所以逐漸衰落門不過佛教，是因為道教內部互相設圈套，彼此鬥心眼，不團結。而佛教以寬大為懷，彼此之間坦誠相見，與人為善，包容彼此的缺點和不足，比道教更有凝聚力和團結力，誘惑人們放棄道教而信奉佛教。

如來佛祖這次躲在幕後，充當了挑撥離間的角色，目的很明顯，就是為了挑起道教內部的矛盾，從中漁利。他達到了這個目的，弄得太上老君有苦說不出，只好吃了這個啞巴虧。如來佛祖之所以敢這麼做，因為他太瞭解太上老君和悟空之間深刻的矛盾了，他抓住太上老君挾私報復悟空這個弱點，使得太上老君明明知道是如來佛祖出賣了自己，也沒法說什麼。畢竟邪不壓正，如來佛祖站在正義的一邊，也使自己處在不敗之地。

西遊取經團隊在如來佛祖的幫助下，克服了內部的矛盾，消除了彼此間的誤會和抱怨，增進了團結。為整個西遊團隊日後團結一致，共同克服苦難，最後完成取經大任，奠定了堅實的基礎。

佛祖收燈：冒名頂替也牛氣

有三個犀牛精，很長一段時間內，都冒充佛祖在正月十五元宵節時到民間去收燈油。這種燈油叫酥合香油，看來一定很香、很好吃，以致於三個犀牛精不惜冒充成佛祖，動用各種手段為百姓們做好事，以此騙取百姓們為他們敬獻這種燈油。這種燈油價格昂貴，非常值錢，二兩銀子一兩油，犀牛精每年要騙取三大缸燈油，每缸五百斤，算下來，每年僅此一項就要花費百姓十萬八千兩銀子。這對於一個偏僻小縣來說，無疑是難以承受的負擔，但金平市政府就愛好這一口，認為每年獻油後，油乾了，就會五穀豐登，油不乾就會大旱。當然，一個晚上燈油肯定是耗不乾的，不過是三個犀牛精打著佛祖的名義偷跑了而已。

既然如來佛祖神通廣大，眼耳通天，為什麼沒有發現有妖精在民間打著自己的名義招搖撞騙，坑騙老百姓的錢財呢？或者發現了，為什麼不來制止呢？在這件事上，如來佛祖的態度給人一種很曖昧的感覺，好像故意在裝聾作啞一樣。而且悟空的表現也很反常，以往遇到冒充的山寨版妖精，他都會去找被冒充者，以便追查妖精的來路。而這次卻相反，他明知道妖精是在冒充如來佛祖，竟然

沒有跑到靈山去告狀，反而跑到天庭，到玉帝那裡去搬救兵，著實令人感到奇怪。

那麼如來佛祖為什麼要保持這樣一個曖昧的態度呢？原來，佛界是沒有什麼成精成怪一說的，凡屬動植物成精作怪，都是道家的門徒，屬於道教裡面的旁門左道，佛教不玩這些東西。三個犀牛成精，自然是道教內部的事情，雖然冒充如來佛祖行騙，但明眼人一看就知道是道家在搞鬼，如來佛祖根本不屑於辨白這種事情。事情不敗露，是藉別人的行動為自己揚名，事情敗露了，有損的是道教的名聲，與他如來佛祖有何相干，這樣一舉兩得的好事，何必多此一舉去揭穿呢？真的揭穿了，反而顯得佛家沒有包容之心，斤斤計較，破壞兩家的和氣。

悟空當然也深知這一點，他是道家的代表人物，深知道家的門徒冒充佛祖行騙，讓佛家知道了，是個很丟人、很沒面子的事情。家醜不可外揚，既然他已經認出了三個妖精是道家的三個騙子，那他只能到道家的最高行政機構天庭去告狀，去搬救兵。果然，他搬來斗牛宮外的四個星官，對症下藥，很快就把三隻犀牛給打暈了，既為如來佛祖正了名，也為道教清理門戶，還為百姓揪出騙子，減輕了不必要的負擔。

唐僧這次之所以會招惹上這三個妖精，都是因為他貪戀俗世裡的節日喜慶熱鬧，不趕路卻停留下來，觀看正月十五的花燈。這種圖熱鬧、愛喜慶的心思，做為佛門弟子，本來是不應該有的，這是動了凡心。

所謂六根清淨，當然包括耳靜和眼靜了，不能做到這一點，就說明修行還沒有到很高的境界。尤其不可原諒的是，唐僧拜佛心切，不分青紅皂白，聽說是佛，他就拜，該迴避的時候不迴避，別人聽說佛祖來收燈油都會紛紛迴避，他反而迎頭而上，直接拜見妖怪。這樣送上門的買賣，妖精要是不把他捉走，都愧對妖精的名頭。

唐僧是道道地地的佛門弟子，他聽說如來佛祖正月十五元宵節晚上來收燈油，他不僅不動腦想想，佛祖會做這樣勞民傷財的傻事嗎？明擺著就是個騙局，反而拜佛心切，認定了要當佛祖的粉絲，非想一睹如來佛祖真容不可。這樣灌水的腦袋，妖精要是不捉他去，既對不起佛祖，也對不起自己。

金平府在天竺境內，離靈山雷音寺已經不遠，在那個地方，如來佛祖很有名氣，百姓一定信任他。所以，三個犀牛精認為冒充如來佛祖行騙，有很大的把握，比冒充道教大師如太上老君、太白金星之流效果要好得多，所以就毫不猶豫地把自己裝扮成了如來佛祖。

悟空打殺了犀牛精，唐僧經歷了這一劫，就克制掉內心深處喜歡俗世裡的佳節熱鬧的慾望，為最後修身成佛，又掃去一層塵土，清除了一些障礙。

凌雲仙渡：臨時抱佛腳，誰敢拖我下水？

唐僧師徒的西遊取經團隊千辛萬苦地來到靈山腳下，眼看就要大功告成，見到如來佛祖了，卻被一條大河擋住了去路。據說只有渡過這條河，才算真正到達佛家的至高境界，成為一個名副其實的佛。這條河就是凌雲仙渡。

悟空以前多次來靈山雷音寺，但都是直接飛到雷音寺的，從陸路走來，還是第一次，所以他在以前也沒有留意這條河。唐僧師徒來到凌雲仙渡渡口，先是看到河上面有一條獨木橋，悟空上前示範了一下怎麼過橋，但是唐僧和八戒膽小，打死也不敢上橋，害怕掉到河裡葬身魚腹。這時河上遠遠地來了一個船夫，駕著一葉扁舟，而且這葉扁舟還是無底的小船，無論悟空如何解說這艘小船的安全性，唐僧就是不敢上船。最後沒辦法，悟空硬把唐僧推到船上，雖然對師父有點大不敬，但也是沒辦法的辦法。

唐僧站在無底船上，感覺很牢靠，沒有落到水裡餵魚，這才放下心來，站在船上看風景。這時候，他突然看到一具屍體從上游漂了下來，再仔細一看，漂下來的竟是他自己，更令他大吃一驚，差點沒叫出聲來。悟空、八戒、沙僧也一起喊，是你，是你，就是你！這是怎麼回事？明明自己活的好好的，為什麼自己的屍體卻順著河流漂了下來？原來，經過了這個凌雲仙渡，唐僧已經扔掉了臭皮囊，脫離了肉體凡胎，再也不會被那具行屍走肉拖累了。沒有了肉體的束縛，他試了一下，果然輕鬆如燕，行動自如。而那個撐船渡他的船夫，就是接引佛祖，原來是渡他成佛的。

過了凌雲仙渡，唐僧從此脫離了肉體凡胎的拖累，可以騰雲駕霧，像悟空那樣，能夠在空中飛來飛去了。即便不慎落水，也不會像在通天河裡，直接沉到水底。凌雲仙渡，是佛家的一道門檻，過了這道門檻，就是抱住了佛腳，抵達佛的真正境界，成了一個真正的佛。

世上本沒有什麼佛，所謂佛，不過是心靈的一種境界。過了凌雲仙渡，意味著一個人的心猿成熟，意馬馴順了，不再有私心雜念，不再胡思亂想，達到心靈一塵不染的境界。這種境界到底是一種什麼境界，只可意會不可言傳，沒有人能夠說得清。有人說，就是沒有私心雜念，那麼要界定私心雜念，就是個很難的事情。人總不至於沒有思維，沒有意念吧，那豈不是成了植物人？

很顯然，吳承恩筆下的佛，帶有很大的道教色彩，把佛神化了，也神話了，成了一個神通廣大，無所不能的神仙。所以，唐僧過了凌雲仙渡，也成了一個神，可以呼風喚雨，飛來飛去。這種道佛混淆的做法，還是沒有擺脫國人實用主義宗教觀的影響，好像佛要是沒有神的本領，就沒用了。

而實際上，神就是神，佛就是佛，人修行為佛，修行的是人心，是心靈的一種境界，而不是修練的一種超乎常人的實用本領。佛家的救苦救難，普渡眾生，指的就是讓人們從精神和心靈上改變人生觀、世界觀，增強忍耐苦難的能力，不把苦難當成苦難，而當成一種磨礪，用今生的苦難換得來

生的幸福。提倡積德行善，逆來順受，這樣就不會做壞事，或者少做壞事，自然就會避免一些不必要的傷害發生，而且人們會原諒給自己所帶來的傷害。這也從客觀上避免了一些報復行動和衝突，自然會帶來平安的人生。

整個西遊取經的過程，就是人心磨礪的過程，每過一關，就會消磨掉一種慾念，到了最後，所有的俗世慾念都被磨礪掉了。這樣就可像金蟬一樣，脫去沉重的肉體束縛，讓心靈達到羽化的境界，來去自如，輕靈自在。過了凌雲仙渡，唐僧便金蟬脫殼，成為真正的金蟬子了。從佛界轉入人間，又轉回佛界，完成了一次輪迴。

人們常說，病急亂投醫，臨時抱佛腳。是指人們需要佛，才想起求佛，這是實用主義禮佛觀的表現，而沒有真正認識到佛是精神、心靈的一種信念和力量的本質。這樣的誤解，也把佛弄成了四不像，與那些撒豆成兵的旁門左道大同小異了。

心中有佛，就有了佛。佛是心靈的修養，精神的淨化，只要精神上成了佛，不用凌雲仙渡，都會抵達一個新的境界，成為一個超脫塵世的人。

人事之情：

我是萬能的，你沒錢是萬萬不能的

唐僧過了凌雲仙渡，脫掉了肉體凡胎，就成了一個真正的佛。這樣，他就可以面見如來佛祖，求取真經了。唐僧誤認為，佛是不用花錢的，也沒有什麼物質需求，所以就空著兩手，紅口白牙地向如來佛祖要經書。如來佛祖礙於面子，也不好直接說我的經書是有智慧產權的，是花費了成本出版的，要抽取版稅的，從來就不免費贈送，只好換一種方法提醒暗示唐僧。於是他悄悄安排手下，贈送給唐僧一些無字書，這樣既不得罪唐僧，自己的面子上也好看，又提醒了唐僧，你還沒有支付購書款，那些經書你是得不到的。

唐僧師徒發現拿到的經書都是一些廢紙，根本沒有一個字，大為惱火，以為是如來佛祖的那些手下故意背著如來佛祖刁難他們，還不清楚那就是如來佛祖的意思。於是他們憤憤不平地跑到如來佛祖那裡去告狀，如來佛祖聽了他們的投訴，便開導他們說，「那些人是因為你們沒有給人情費，所以才送給你們無字的經書。你們也不想想啊，這麼多人等著張口吃飯，又沒有什麼收入，也就是靠我出版這幾本經書掙點稿費維持生存，如果都像你們一樣要求免費贈送，那我們豈不是都得喝西北

風了嗎？」

聽了如來佛祖這話，唐僧師徒才算明白，原來這經書不是免費贈送的，還要自己掏腰包花錢買。既然來到了人家門口，沒辦法，咬咬牙，該掏腰包就得掏。唐僧不遠萬里，騎馬奔波來取經，身上根本沒有帶什麼錢，一是帶太多錢也是個負擔，那時候的錢都是銀子，本來就很重，不像現在的鈔票或者金融卡，很輕便。而且即便帶了錢，那麼遠的路程，一路上吃喝用度，也早就花光了，吃飯都是靠討飯或者到同門的寺廟裡蹭飯，哪有閒錢打發這些人事呢？

他們尋來找去，思來想去，也只有李世民贈送的那個吃飯的紫金缽盂，還算值點錢，只好咬著牙，奉獻出去打點了。消財免災，這次才真正取到有字的真經。

用紫金缽盂換取經書的事，很有寓意。紫金缽盂是李世民所送，代表的是一國之君，意思很明顯，唐朝是以國家的名義，花費鉅資引進佛教。世上沒有免費的午餐，政府要想教化民心，也是要進行投資的。佛教也沒有義務免費幫助你大唐做百姓的心理諮詢和心理輔導，也是要收費，要回報的，誰會做沒有回報的傻事呢？

雖然佛教傳入中國後，得到了許多次朝廷的大力扶持，勢力發展很快，影響很大，但一直未能成為百姓們的主要宗教信仰。原因之一，就是佛教的實用主義功能太差，修行禮佛的人，修行的是自己的心，對其他人的幫助並不大，而且出家當和尚，其吃穿用度等日常生活費用開支，全靠化緣來解決。

所謂化緣，就是憑藉緣分，向別人討要，讓別人贈送，說白了就是白吃飯，需要別人養活。而和尚們吃著別人的飯，修練自己的精神境界，這就有些太說不過去了，憑什麼你追求自己的人生境界，卻要我們累死累活地種田工作，賺錢養活你們呢？在這一點上，佛教遠遠不如道教，道教起碼還能幫助人們捉個鬼、驅個災、下個雨、排個澇、治個病、報個仇之類，而且還能幫助人們長生不老，對人們的回報大。儘管道教總是把自己弄得神乎其神，帶有很大的欺騙成分，但人們還是願意信任它，原因就在於它起碼會帶給人們解決問題的希望。

佛教的這種靠別人供養修練自己身心的做法，與中國人的生存環境抵觸還是非常大，這也導致佛教在中國被大量的改造，逐漸演化成了人間的佛教，失去了它的本來意義，變成一種功利主義的宗教。這就不難理解，為什麼很多家庭，把如來佛祖、觀音菩薩的佛像與財神爺、關公的神像供奉在一起的原因了。人們拜佛求佛，早已從自身的心靈修養，變成了祈求佛祖菩薩保佑，藉助外力保護自己，達到自己目的的工具。

佛不是萬能的，佛教弟子也要消耗物質財富，這就使佛教的發展，在物質生存條件相對艱難的中國，受到極大的限制。

陳家莊曬經：你求購我的經書，我收買你的百姓

陳家莊在通天河畔，是觀音菩薩的勢力範圍，也是唐僧師徒西天取經回來的路上，唯一故地重遊的地方。因為在其他地方，他們都是騰雲駕霧，從空中一掠而過的。由此可見，陳家莊的地位非同一般。

唐僧師徒在陳家莊做了一件重要的事情，就是在曬經石上曬經書。為什麼好好的經書要曬呢？因為觀音菩薩認為，他們取經成功，還沒有來答謝領袖，就把他們從天上趕了下來，扔到了通天河畔，又安排千年老黿把他們掀翻進了河裡，打濕了經書，所以只好在曬經石上曬乾。

很多經書被水濕透後，就貼在了石頭上，晾乾以後揭不下來，成了石頭經。這件事的發生，到底有什麼潛在的含意呢？第一，陳家莊的人都姓陳，是唐僧的本家，在陳家莊逗留，有點取經成功，衣錦還鄉的意思。

第二，陳家莊是觀音菩薩的領地，以前年年都要向觀音菩薩繳納賦稅，後來被唐僧曝光了，壞了觀音菩薩的財路，這次要留下一些經書做為回報。

第三，陳家莊的百姓們得到了部分經書，以後就會死心塌地的敬奉佛祖和觀音菩薩，徹底皈依佛門的領袖。

第四，以小喻大，唐僧的本家都透過佛經被納入佛教的勢力範圍，也就象徵著整個東土大唐，經過佛經的傳播和影響，成了佛教的地盤。

客觀地說，佛教的佛法佛理傳到中華大地後，雖然在人們的心中產生了重要的影響，但並沒有成為人們精神世界的主宰，沒有像在印度等地那麼普遍盛行，成為人們修心養性的主要理論依據，重要的原因是佛家消極避世的人生觀，並不適合國人的精神需求。

傳統封閉的農耕文明，導致國人為了適應生存環境，都具有了兩顆心，一顆心是為了群體的發展，一顆心是為了個體的生存。人們要想在這種環境下生存下去，必須依靠群體，所以他們必須要有為群體付出、為群體做貢獻的精神，這就是公心。對群體的貢獻和付出越大越多，獲得的地位就越高，生存的機會就越大，生命的品質就會越好。

同時，既然是群體生存，那麼就會充滿競爭，在競爭中要想戰勝對手，超越對手，就要為自己考慮，就要有一顆私心。如果消極避世，不積極主動參與競爭，就會被淘汰，失去生存的機會。

公心和私心，是一個人心靈的兩個方面，兩者互相依存，缺一不可，只有平衡發展，才能獲得較好的生存機會。在這種心理背景下，讓人們丟棄工作，丟棄競爭，丟棄奮鬥，一門心思去修練自己的心靈，無疑是把人推上生活的絕路。如果回應的人多，追隨的人多，那才成了怪事。

任何宗教要想紮根人心，得到大多數民眾的支持和捧場，都必須適應大多數民眾的生存發展需

求，為他們的生存發展需求提供巨大的推力，成為他們人生的有力推手。只有如此，才能成為合理的宗教，才會吸引民眾主動信奉，成為虔誠的教徒。

整本《西遊記》，吳承恩走的都是道佛結合的路子，有很明顯的佛教世俗化、功利化、實用化的傾向。這可能也是他對佛教在中華大地的發展提出的一條理想化道路，即是想提示佛教，可以和道教相結合的方法，既要保留佛家勸人積德行善，忍受痛苦，追求來世的修身修心，教化人心的長處，又要吸收道教善於變化，能夠裝神弄鬼，驅邪治病的解決實際問題的超人本領。做到既教化人心，又能解決各種實際問題，把佛神化，那麼佛在中華大地，可能就會有一條非常光明前景，而不至於成為妝點人們生活的風景名勝，也不至於淪為人們臨時抱佛腳的救急工具。

吳承恩的這番用意，其實還是有著非常深刻的道理。不管什麼宗教，要想收買民心，必須要為民眾辦實事，解決實際問題，解決不了實際問題，人們的生存都無法得到保障，即便是教義再好，說的天花亂墜，百姓也不會買你的帳。

一方水土養一方人，一方人養一方宗教。儒道學說雖然飽受爭議，歷經千年盛而不衰，原因就是它們能很好地適應人們的生存發展需求。而佛教在中華大地的發展，基本上走的是形式獨立，而骨子裡卻依賴儒道的路子，這也是為什麼古代一些帝王提倡儒釋道三教合一的說法能夠得到支持的原因。三教合一，各取所長，往往能很好地適應民眾的生存和精神需求。

國家圖書館出版品預行編目資料

煮西遊：神魔的背後是人性 / 二憨著.
——第一版——臺北市：宇河文化 出版；
紅螞蟻圖書發行，2012.8
面 ； 公分——(讀經典；3)
ISBN 978-957-659-911-8（平裝）

1.西遊記 2.研究考訂

857.47　　101014445

讀經典 3

煮西遊：神魔的背後是人性

作　　者／二憨
美術構成／Chris' office
責任編輯／韓顯赫
校　　對／楊安妮、朱慧蒨、韓顯赫
發 行 人／賴秀珍
榮譽總監／張錦基
總 編 輯／何南輝
出　　版／宇河文化 出版有限公司
發　　行／紅螞蟻圖書有限公司
地　　址／台北市內湖區舊宗路二段121巷28號4F
網　　站／www.e-redant.com
郵撥帳號／1604621-1　紅螞蟻圖書有限公司
電　　話／(02)2795-3656（代表號）
傳　　真／(02)2795-4100
登 記 證／局版北市業字第1446號
法律顧問／許晏賓律師
印 刷 廠／卡樂彩色製版印刷有限公司
出版日期／2012年 8 月　第一版第一刷

定價 270 元　港幣 90 元

ISBN 978-957-659-911-8　　Printed in Taiwan